FOLIO CADET

Traduit de l'anglais
par Vanessa Rubio

Maquette : Karine Benoit

ISBN : 978-2-07-057800-9
Titre original : *The Waterhorse*
Édition originale publiée par Penguin Children's Books, Londres, 1990
© Dick King-Smith, 1990, pour le texte
© Peter Bailey, 2007, pour les illustrations
© Éditions Gallimard Jeunesse, 2007, pour la traduction
N° d'édition : 144638
Loi n° 49-956 du 16 juillet 1949 sur les publications destinées à la jeunesse
Dépôt légal : mai 2007
Imprimé en Espagne par Novoprint (Barcelone)

Dick King-Smith

Le dragon des mers

illustré par Peter Bailey

GALLIMARD JEUNESSE

1

Un drôle d'œuf

Ce fut Fiona qui le découvrit. Il gisait sur le sable, juste au-dessus du dépôt qu'avait laissé la marée haute, un étrange machin qui ressemblait à un paquet rectangulaire, couleur d'algue, avec une sorte de long filament à chaque coin.

En fait, il était exactement de la même forme que les bourses de sirènes, ces capsules bizarres et biscornues qui enveloppent les œufs de roussettes. Sauf que celle-ci avait la taille d'un gros paquet de biscuits !

— Regarde ce que j'ai trouvé ! s'écria-t-elle. Viens voir, vite !

Au petit matin, en ce 26 mars 1930, une terrible tempête s'était abattue sur la côte ouest de l'Écosse. D'énormes vagues venaient s'écraser au pied des falaises. La tempête, comme un tigre en furie, avait escaladé la paroi rocheuse et pris entre ses griffes la petite maison blanche perchée tout en haut.

La maison tremblait, ébranlée par la violence du vent. Fiona, réveillée en sursaut, crut que le toit allait s'envoler.

Il régnait un vacarme assourdissant. « Angus doit être terrifié », se dit Fiona. Et elle bondit hors de son lit pour rejoindre son petit frère dans la chambre voisine. Sa mère arriva au même moment, munie d'une lampe à huile et, à sa lueur, elles constatèrent que le jeune garçon dormait paisiblement, comme le bébé qu'il était encore quelques années plus tôt.

Dehors, le tonnerre grondait, les éclairs déchiraient le ciel, le vent rugissait et la pluie battait les carreaux. Angus, lui, ronflait doucement.

— Retourne te coucher, Fiona, ordonna sa mère. Je vais rester là au cas où il se réveille.

— Et grand-père Grognon ? Il va bien ?

Grand-père Grognon, le père de sa mère, vivait avec eux. Quand elle était toute petite, Fiona avait entendu sa mère lui reprocher :

— Tu n'es qu'un vieux grognon.

Elle en avait donc déduit que c'était son nom et ça lui allait plutôt bien. Justement, il venait de les rejoindre, haute silhouette de vieux bonhomme avec une grosse moustache tombante.

— Impossible de fermer l'œil, ronchonna-
t-il en regardant sa fille et sa petite-fille,
comme si c'était de leur faute. Quel temps !
Je plains les marins qui voguent par une
nuit pareille.

Fiona et sa mère échangèrent un sourire.
Le père de Fiona était dans la marine mar-
chande. Mais, pour le moment, il voguait
sur les eaux tranquilles des tropiques, bien
loin des tempêtes de l'Atlantique.

Soudain un coup de tonnerre retentit si fort, si près qu'il réveilla Angus.

— J'ai entendu un bruit, constata-t-il tranquillement en se redressant dans son lit.

— Il y a la tempête, Angus, lui expliqua Fiona. Une grosse tempête.

— La maison s'envolerait que ça ne m'étonnerait pas, commenta grand-père Grognon.

Le vent faiblit un instant, et ils entendirent les flots qui se brisaient sur la plage en contrebas. Qu'allait rejeter la mer, cette fois ? se demanda Fiona. Que trouveraient-ils sur le rivage demain matin ? Ils aimaient tous ramasser les trésors que l'océan déposait sur le sable, même grand-père Grognon qui s'en défendait. Après une tempête pareille, il y aurait sûrement de nombreux morceaux de bois flotté.

— Allez, au lit, tout le monde, décréta maman. Demain matin, nous irons voir ce que la mer a laissé sur la plage.

— Comment ça, « demain matin » ?

s'étonna grand-père. Mais c'est le matin. Je ne vais pas pouvoir me rendormir, j'en suis sûr.

— Tu n'as qu'à compter les moutons, grand-père Grognon, lui conseilla Angus. Pour moi, ça marche.

— Tu ne sais compter que jusqu'à dix, remarqua Fiona.

— Je sais. Quand j'arrive à dix, je recommence du début, répliqua son frère avant de se rallonger et de fermer les paupières.

Une fois dans son lit, Fiona resta à écouter gronder la tempête. Elle avait les yeux grands ouverts, parfaitement éveillée quand, soudain, bizarrement... elle constata qu'il faisait jour.

Surexcitée, Fiona n'avait pas vraiment faim. Le plus gros de la tempête était passé, le vent était un peu retombé et leur mère avait promis qu'ils iraient à la plage dès que le petit déjeuner serait avalé et la vaisselle lavée. Fiona avait hâte de voir ce qu'ils

allaient trouver sur le rivage. C'était tellement amusant de partir à la chasse au tré-
sor ! On ne savait jamais sur quoi on allait
tomber. Il y avait toujours beaucoup
d'algues, de petits animaux – étoiles de
mer, méduses et oursins –, ainsi que des
tonnes de coquillages – bulots, moules,
coques et couteaux. On trouvait aussi des
détritus et des bouteilles vides (avec peut-
être un message à l'intérieur, qui sait ?), et
évidemment du bois flotté – des caisses et
des cagettes, des planches et des morceaux
de mâts (et même, une fois, une paire de
rames), des branches biscornues et parfois
des troncs d'arbres, blanchis et polis par
leur long voyage à travers les mers. Après
une tempête comme celle de la veille, qui
sait ce qu'ils allaient découvrir !

— Finis ton petit déjeuner, Fiona, ordonna
maman.

Elle n'avait jamais besoin de dire ce genre
de choses à Angus. Pour lui, le moment des
repas était sacré et il l'employait à manger,

pas à parler. De l'instant où il mettait les pieds sous la table à celui où il se relevait, il n'ouvrait la bouche que pour y engouffrer de la nourriture.

— À ton avis, qu'est-ce qu'on va trouver, Angus ? le questionna sa sœur.

Il la dévisagea, sans cesser de mastiquer en rythme, mais ne répondit pas.

— Tu n'as pas hâte ? insista-t-elle.

Il hocha placidement la tête.

— Mon œuf n'est pas assez cuit, se plaignit grand-père Grognon.

Lorsque, enfin, ils s'engagèrent sur le chemin de la falaise, Fiona était en tête, équipée d'une petite besace pour ramasser les trésors. Maman suivait, tenant Angus par la main, et le grand-père fermait la marche, avec un grand sac et une corde afin de lier le bois flotté en fagots. La tempête n'était pas encore tout à fait calmée et d'énormes vagues se dressaient encore, mais au loin désormais, car la marée était basse. La plage de galets était comme toujours déserte. Il n'y avait que deux mouettes qui s'affairaient autour d'une chose échouée sur le rivage. Elles s'envolèrent lorsque Fiona s'approcha en courant.

— Venez voir ! cria-t-elle. Vite !

— Qu'est-ce que tu as trouvé ? demanda sa mère.

— Je ne sais pas. On dirait une bourse de sirène géante !

Angus s'élança aussi vite que ses courtes jambes le lui permettaient. Il examina la chose d'un œil critique. Les mouettes ne devaient pas être là depuis longtemps car elle semblait intacte.

— Je ne savais pas qu'il existait des sirènes géantes, remarqua-t-il.

— C'est impossible, une roussette n'a pas pu pondre un œuf pareil, affirma maman en les rejoignant avec grand-père Grognon. Il est vingt fois plus gros qu'une bourse de sirène normale. Qu'est-ce que tu en penses, papa ? Tu crois qu'il peut provenir d'un animal plus gros, un requin pèlerin, par exemple ?

— Aucune idée, répliqua-t-il. On est venus pour ramasser du bois, alors au travail ! Le vent me glace les os.

Il toucha la chose du bout de sa chaussure.

— Peu importe ce que c'est, en tout cas, ça ne sert à rien, conclut-il avant de s'éloigner, suivi de sa fille.

— Ça a bougé ! s'exclama Fiona.

— Normal, répliqua son frère, grand-père Grognon l'a poussé du bout du pied.

— Non, après. Je l'ai vu. La membrane a bougé, j'en suis presque sûre. Elle a trembloté.

Angus se pencha vers l'énorme bourse de sirène.

— Elle ne bouge plus maintenant. Elle doit être morte. Il a dû la tuer.

En se redressant, il remarqua que sa sœur avait l'air contrarié.

— C'est qu'un vieil œuf de poisson. Un œuf, ça sent rien. Regarde, ceux que maman a fait cuire ce matin, ils zont rien senti.

— Ils n'ont rien senti, corrigea Fiona.

Angus soupira.

— C'est ce que je viens de dire. Des fois, j'ai vraiment l'impression d'être plus grand que toi.

— Eh bien, c'est faux, rétorqua-t-elle d'un ton sec. Tu as trois ans de moins. Tiens-moi le sac bien ouvert.

Elle se pencha pour ramasser la chose. Elle était lourde, lourde, comme un gros gros paquet de gâteaux.

— Tu ne vas pas rapporter ça à la maison ?

— Si.

— Et où tu comptes le mettre ?

— Dans un seau d'eau, au cas où il serait vivant. Il pourrait éclore, on ne sait jamais.

— Ça ne va pas plaire à maman.

— Maman n'en saura rien.

— Elle va te demander ce que tu as dans ton sac.

Fiona réfléchit un bref instant.

– Des algues. Grand-père Grognon s'en sert comme engrais dans le jardin.

Et en disant cela, elle recouvrit la chose d'une couche d'algues.

Lorsqu'ils furent tous remontés en haut de la falaise – grand-père gémissant sous le poids du fagot de bois flotté qu'il portait –, les enfants s'en furent dans le jardin, parcelle de terre protégée du vent par la petite maison blanche. Leur grand-père y faisait pousser des légumes, en se plaignant sans cesse du sol trop pauvre, du mauvais temps, et des ravages que faisaient oiseaux, limaces et chenilles dans ses plantations.

Fiona déposa les algues sur le tas de compost, remplit un grand seau d'eau et y fit tomber la bourse de sirène. Elle était trop grosse, l'eau ne la recouvrait pas complètement, deux de ses filaments pendouillaient tristement à la surface.

– C'est trop petit, constata Angus.

– J'ai vu, andouille. Mais au moins, ça l'empêchera de se dessécher.

— Ça change rien si le machin est déjà mort.

— On n'est pas sûrs qu'il soit mort.

— Ouais, ben ça va pas tarder.

— Pourquoi ?

Angus soupira.

— C'est un truc qui vit dans la mer, non ? Et toi, tu l'as mis dans l'eau du robinet alors qu'il a besoin d'eau salée.

— Angus ! s'écria sa sœur en le serrant dans ses bras. Tu es génial !

— Je sais.

Après avoir vérifié que sa mère n'était pas dans les parages, Fiona alla chercher le sel dans le garde-manger et en versa une bonne dose dans le seau. Elle observa avec attention les filaments, mais ils restèrent immobiles.

— Il lui faut plus de place, décréta-t-elle. Je sais ! La baignoire !

Le restant de la journée passa à une allure d'escargot, mais la chance finit par leur sourire. Leur mère avait pris un bain après ses corvées de la matinée. Grand-père Grognon, lorsqu'ils lui posèrent la question, répondit que non, il ne voulait pas en prendre un, que c'était mauvais pour la peau de trop se laver et que, de toute façon, l'eau était toujours soit trop froide soit trop chaude. Il ne restait donc que les enfants. Maman donna son bain à Angus avant de le mettre au lit et garda l'eau pour sa sœur.

— Il n'était pas très sale, expliqua-t-elle en portant Angus au rez-de-chaussée pour le sécher au coin du feu, où grand-père Grognon était en train d'écouter la radio (avec le volume à fond car il était un peu sourd) en pestant que l'émission était lamentable.

Fiona passa tout de suite à l'action.

Elle commença par vider le bain d'Angus, puis elle remit la bonde en place, ouvrit le robinet d'eau froide et descendit dans le jardin sur la pointe des pieds. Cinq minutes plus tard, elle était de retour dans la salle de bains, avec l'œuf de sirène géant dans les mains et le sel coincé sous le bras. Elle déposa son fardeau avec précaution dans l'eau, ajouta un peu de chaud, vida la salière dans la baignoire, coupa les robinets et ressortit en refermant derrière elle.

Au milieu de la nuit, elle se réveilla et ne put résister à l'envie d'entrouvrir la porte pour jeter un coup d'œil dans la salle de bains, mais la chose flottait à la surface, immobile.

« Tu es bête, se dit-elle en sombrant à nouveau dans le sommeil. Ce n'est probablement qu'une grosse algue. À la première heure demain matin, avant que les autres soient levés, j'irai le jeter sur le tas de compost de grand-père Grognon. »

Dès l'aube, Fiona fila sans bruit dans la salle de bains. Elle avait à peine posé la main sur la poignée de la porte qu'elle crut entendre quelque chose. Elle se pencha, collant son oreille au trou de la serrure. Oui, elle distinguait un léger bruit d'éclaboussure, comme un petit poisson sautant à la surface d'un torrent, puis ce fut une sorte de couinement, de pépiement, semblable à celui d'un oisillon brisant sa coquille.

Fiona ouvrit la porte de la salle de bains.

2

C'est un monstre !

Un seul coup d'œil dans la baignoire et elle fila chercher Angus. Comme d'habitude, alors qu'il émergeait à peine d'un profond sommeil, la première pensée qui lui vint à l'esprit fut pour ce qu'il considérait comme son plus grand plaisir dans la vie.

— J'ai faim. Le petit déjeuner est prêt ?

— Chut ! souffla Fiona. Parle moins fort. Il ne faut pas réveiller maman ni grand-père Grognon.

— Pourquoi ?

— Parce qu'il a éclos. Le truc. Dans la baignoire.

— Sacrebleu !

Angus adorait employer ce qu'il pensait être de terribles gros mots. Lors de son dernier séjour à terre, son père lui avait enseigné tout un éventail de jurons de marin.

Ils se faufilèrent sans bruit dans la salle de bains et se figèrent net, les yeux rivés sur la surface de l'eau.

— Regarde ! s'exclama Fiona.

— Mille sabords !

L'énorme bourse de sirène gisait dans le fond, près de la bonde, comme une épave engloutie. Elle était éventrée, avec un grand trou à une extrémité. Quelque chose en était sorti. Et ce quelque chose nageait à l'autre bout de la baignoire.

Maintes fois, lorsque Fiona serait adulte et aurait fondé une famille, ses enfants lui demanderaient de décrire ce qu'elle avait vu dans la baignoire en ce matin de mars, l'année de ses huit ans.

— C'était un petit animal, leur répondrait-elle. D'une espèce que ni votre oncle Angus ni moi ne connaissions. Que personne au monde ne connaissait, à vrai dire. Il était à peu près de la taille d'un chaton qui vient de naître, mais n'avait pas du tout la même allure. La première chose qui sautait aux yeux, c'était sa tête, qui sortait de l'eau, au bout d'un long long cou. On aurait dit une tête de cheval, avec de gros naseaux et de petites oreilles pointues. Mais son corps ressemblait plutôt à celui d'une tortue. Il n'avait pas de carapace, mais quatre nageoires de tortue et une peau vert grisâtre couverte de verrues comme un crapaud. Enfin, il avait une queue de crocodile. Cependant, lorsqu'on rencontre quelqu'un, on regarde généralement son visage en premier. Là, c'est surtout sa tête qui nous a frappés. À nos yeux, il ne s'agissait pas d'un crocodile, d'un crapaud ou d'une tortue, mais d'une sorte de petit cheval.

En ce matin de mars, sous le regard attentif de Fiona et d'Angus, l'animal, qui les avait dévisagés en silence, plongea soudain avec un petit plouf, fendit l'eau grâce à ses petites nageoires, refit surface juste sous leur nez et émit un léger pépiement.

— Qu'est-ce qu'il veut ? demanda Fiona.

La réponse à cette question paraissait évidente pour quelqu'un comme Angus.

— À manger, tiens donc. Il a faim, comme moi.

— Qu'est-ce qu'on va lui donner ? À ton avis, de quoi se nourrit-il ? Qu'est-ce que c'est d'ailleurs ? On ne sait même pas à quelle espèce il appartient.

— C'est un monstre, décréta son frère.

Il possédait de nombreux albums sur le sujet et, visiblement, ce qu'ils avaient sous les yeux était bien un monstre.

— Mais c'est gros, un monstre, objecta Fiona.

Angus soupira.

— Ce n'est pas un monstre monstre. C'est un bébé monstre.

— Un bébé monstre des mers ! s'exclama Fiona. Bon, dans ce cas, il doit manger du poisson, non ? Il va falloir qu'on aille lui en pêcher.

Un sourire réjoui éclaira le visage rond d'Angus.

— Pas la peine. Il y a des sardines dans le garde-manger. J'adore les sardines.

La boîte de conserve n'était pas vraiment facile à ouvrir, mais Fiona réussit à rouler le couvercle sur la clé, juste assez pour extirper un poisson qu'ils emportèrent au premier étage dans une soucoupe.

— Ne lui donne pas tout, au cas où il n'aime pas ça, intervint Angus, plein d'espoir.

Mais lorsque sa sœur prit un morceau de sardine avec ses doigts et le jeta dans l'eau, le petit animal le saisit au vol, l'avala tout rond et en réclama davantage.

— Il aime ça, constata Angus à regret.

Il prit une miette de poisson qu'il porta machinalement à sa bouche, mais Fiona cria son prénom d'un ton si menaçant qu'il le lança dans la baignoire et se contenta de se lécher les doigts. À tour de rôle, ils donnèrent le reste de la sardine à la créature, puis redescendirent au garde-manger pour tenter d'en sortir une autre de la boîte.

Au prix de nombreux efforts, car la clé était très dure à tourner, Fiona avait presque réussi à rouler complètement le couvercle lorsque, soudain, ils entendirent des pas dans l'escalier. Leur mère fit irruption dans la cuisine.

— Fiona ? Qu'est-ce que tu fabriques ? Qui t'a autorisée à prendre des sardines, et avant le petit déjeuner, en plus ?

— C'est pour notre monstre des mers, expliqua Angus.

— Ne raconte pas de bêtises, Angus ! Regarde, tu as les doigts tout gras, petit gourmand ! Quant à toi Fiona, je te pensais plus raisonnable !

– On n'en a pas mangé, maman, promis. C'est vrai, on a un petit monstre des mers.

– Maintenant tu vas ouvrir grand tes oreilles, Fiona. Je ne sais pas quelle bestiole vous avez dénichée – homard, crabe… Enfin, quoi qu'il en soit, il est hors de question que vous gaspilliez mes provisions pour le nourrir. Vous allez le rejeter dans l'eau immédiatement, c'est compris ?

– Oh non, maman ! supplia-t-elle. S'il te plaît !

– Après le petit déjeuner, cet animal retourne d'où il vient, un point c'est tout, répliqua sa mère d'un ton ferme. Où est-il, d'ailleurs ?

– Dans la baignoire, répondit Angus.

– Dans la baignoire ! C'est pas vrai !

– Il a l'air content.

– Oui, mais c'est ton grand-père qui ne va pas être content. En descendant je l'ai croisé dans le couloir avec sa serviette et son rasoir. Il va avoir une crise cardiaque !

— Surtout si le monstre a encore faim, remarqua Angus.

Mais lorsqu'ils arrivèrent tous les trois dans la salle de bains, ils trouvèrent la porte ouverte et leur grand-père agenouillé devant la baignoire. Avec son crâne chauve et sa moustache tombante, on aurait dit un phoque prêt à piquer une petite tête. Il observait en silence l'animal qui barbotait dans l'eau irisée d'huile de sardine. À leur grand étonnement, ils virent qu'il avait un large sourire aux lèvres. Et voir grand-père Grognon sourire, c'était un événement !

— C'est l'œuf que tu as trouvé sur la plage après la tempête, Fiona ?

— Oui, grand-père. Il a éclos pendant la nuit.

— Je lui ai dit de mettre du sel dans l'eau, précisa Angus.

— Ce n'était pas la peine, je pense. Il s'agit d'un animal à respiration aérienne, comme le phoque, leur expliqua-t-il. Eau douce ou eau de mer, ça ne change rien, du moment qu'il a plein de poissons à manger.

– On lui a donné une sardine, indiqua Fiona.

Grand-père Grognon se releva et se tourna vers sa fille.

– Ils sont futés, ces deux petits. J'aurais adoré trouver une créature pareille quand j'avais leur âge. J'ai entendu des tas d'histoires sur cet animal, j'ai toujours cru en son existence, mais je ne pensais pas avoir un jour la chance d'en voir un.

– Tu as l'air de savoir de quoi il s'agit.

– Évidemment. Je n'ai pas grandi au bord du loch Morar pour rien ! On raconte qu'une de ces bêtes vivait dans le lac.

– Qu'est-ce que c'est, grand-père ? voulut savoir Fiona.

– Avant que je vous le dise, vous devez me promettre de n'en parler à personne en dehors de cette maison. Pas un mot à vos camarades de classe. Compris ?

– Oh oui, acquiesça Fiona. Promis, juré, craché.

Elle fit mine de cracher.

Angus voulut lui aussi faire semblant mais cracha vraiment sur ses chaussons.

— Bon, alors je vais vous le dire, reprit grand-père Grognon. C'est un monstre.

— Ah, je te l'avais dit ! s'écria Angus.

— Depuis toujours des légendes circulent : des gens racontent avoir aperçu cette bête en mer ou, plus souvent, dans un lac. Quand j'étais petit garçon, j'aurais tout donné pour voir le monstre du loch.

— C'est son nom ? s'enquit Fiona.

— C'est un de ses noms, confirma grand-père Grognon, mais je préfère l'autre. La plupart des gens l'appellent le dragon des mers.

3

Crusoé

— Le dragon des mers ! souffla Fiona.

— Que le grand cric me croque ! s'exclama Angus.

— Dragon des mers ou pas, il ne reste pas dans ma baignoire, décréta maman. Je vais préparer le petit déjeuner et, dès que vous aurez fini de manger, faites-en ce que vous voulez, mais cette bestiole sort de la salle de bains, sort de la maison. Compris ?

Et elle s'en fut. Fiona et Angus avaient l'air tellement abattus que grand-père Grognon les prit tous les deux par les épaules.

— Ne vous en faites pas. On va trouver un endroit où l'installer confortablement.

— Comment sais-tu que c'est un mâle ? demanda Fiona. Ça pourrait être une demoiselle.

— C'est vrai, reconnut son grand-père. Je ne sais pas à quoi on voit ça. Mais il faut qu'on décide si c'est l'un ou l'autre.

— Pourquoi ? s'étonna Angus.

— Pour lui donner un nom. Il faut qu'il ait un nom si on veut le garder.

— Le garder ? s'écrièrent les enfants. Mais maman…

— Votre mère a juste dit qu'elle n'en voulait pas dans la maison. Elle a précisé : « Faites-en ce que vous voulez. » Alors on va décider ce qu'on veut en faire. Va dans ma chambre, Fiona. Tu verras, il y a de la menue monnaie sur la commode. Rapporte-moi une pièce – n'importe laquelle.

Lorsque sa petite-fille revint avec une pièce de six pence, grand-père Grognon la posa en équilibre sur l'ongle de son pouce.

— Alors… pile, c'est une fille ; face, c'est un garçon. D'accord ?

Et tandis que les enfants hochaient la tête, il lança la pièce en l'air. Elle retomba sur la tranche et roula sous la baignoire à pattes de lion. Angus, qui était le plus petit, rampa à plat ventre pour la ramasser.

— C'est quoi ? voulut savoir Fiona.

— Un garçon ! annonça triomphalement son frère.

— Comment va-t-on l'appeler ? demanda grand-père Grognon.

Chacun émit une foule de propositions, mais aucune ne recueillit les faveurs des autres. Fiona suggéra des noms de cheval ou de poney : Star, Prince, Galopin, Tango ou Tonnerre. Grand-père, lui, préférait les patronymes typiquement écossais : Stuart, Sinclair, Mackenzie, McGregor ou Tullibane. Quant à Angus, il était d'avis de choisir un nom impressionnant qui conviendrait à l'énorme monstre que deviendrait la créature à l'âge adulte : Crocs d'acier, Monstros,

Mâchefer, Panicator ou Trembledur.
Comme ils n'arrivaient pas à se mettre
d'accord et que maman les appelait pour le
petit déjeuner, ils allèrent s'habiller, laissant
le bébé dragon des mers sans nom patauger
dans sa baignoire.

Au début, un silence inhabituel régna
autour de la table. Grand-père Grognon,
Fiona et Angus se creusaient la tête pour
trouver un nom. Leur mère s'en voulait un
peu d'avoir ordonné si sèchement l'expul-
sion immédiate de l'animal. Après tout,
quel que soit son nom, il s'agissait d'une
créature extraordinaire. Les enfants étaient
surexcités. Quant à son père, c'est bien
simple, elle ne l'avait pas vu aussi guilleret
depuis des années. Pour une fois, il man-
geait sans se plaindre. D'ordinaire, le por-
ridge manquait de sel, les œufs n'étaient pas
assez cuits, les toasts étaient brûlés ou pas
assez dorés, le thé trop fort ou trop léger.
Lorsqu'elle croisa son regard, il lui adressa
même un clin d'œil !

— Bon, commença-t-elle. J'ai changé
d'avis. Je vous laisse toute la journée pour
décider ce que vous voulez faire de cette
bestiole. Mais je veux que ce soir, elle dorme
hors de la maison. C'est mon dernier mot.

— Sage décision, commenta grand-père
Grognon.

Les enfants étaient aux anges, ce qui
encouragea leur mère à poursuivre :

— Et vous pouvez lui donner le reste de la
boîte de sardines.

— J'aimerais bien en avoir, moi aussi,
intervint Angus.

— Non.

— Sage décision, commenta Fiona.

— Nous avons essayé de lui trouver un
nom, expliqua son grand-père.

Angus précisa, tout fier :

— C'est un garçon.

— Mais nous n'avons pas réussi à nous
mettre d'accord, ajouta Fiona.

— Tu aurais une idée ? demanda grand-
père Grognon à sa fille.

Elle réfléchit un instant.

— Il s'est échoué sur le rivage, n'est-ce pas ? C'est donc un naufragé. Et la plus célèbre aventure de naufragé, c'est celle de Robinson Crusoé. Qu'est-ce que vous en dites ?

— Ça, c'est une idée ! s'exclama grand-père Grognon. En plus, le livre s'inspire d'une histoire vraie, celle d'Alexander Selkirk, qui était écossais ! Et de quelque espèce qu'il soit, une chose est sûre, notre dragon des mers est une bestiole d'Écosse !

— Robinson Crusoé, répéta Fiona, pas convaincue. C'est un peu long, non ?

— Crusoé tout court alors, proposa Angus.

Grand-père Grognon et Fiona se consultèrent du regard et acquiescèrent.

— Sage décision, firent-ils en chœur.

Mais la décision qu'ils durent prendre après le petit déjeuner était plus délicate : qu'allaient-ils faire de l'animal fraîchement baptisé ? Ils se postèrent devant la baignoire pour le regarder barboter en réclamant à grands cris à manger.

— J'ai réfléchi, finit par dire grand-père Grognon. D'abord, êtes-vous d'avis de le remettre simplement à l'eau ? Son œuf aurait éclos dans la mer si la tempête ne l'avait pas rejeté sur le rivage.

— Oh non ! s'écria Fiona. On ne le reverrait jamais. On ne pourrait pas plutôt trouver une sorte de mare dans les rochers ?

— Oui, mais la marée risquerait de l'emporter. Et puis, ce serait compliqué de descendre de la falaise pour le nourrir au moins six fois par jour.

— Et si on le mettait dans le petit loch, grand-père ? proposa Angus.

Il s'agissait d'un petit lac, de la taille de deux terrains de football, qui s'étirait dans la vallée derrière la maison.

— Oui, c'est là qu'on va le mettre quand il sera plus grand. Mais pour l'instant, il ne ferait pas long feu. Les brochets n'en feraient qu'une bouchée, répondit-il en prenant une sardine par la queue avant de la jeter dans la baignoire.

Dans un tourbillon, Crusoé se jeta dessus comme un requin sur sa proie.

— Quand il sera assez grand pour réserver le même sort aux brochets, il pourra aller dans le petit loch.

— Mais que va-t-on en faire en attendant ? se désespérait Fiona.

— Je sais ! s'écria son grand-père. Le bassin à poissons rouges, bien sûr. Je ne comprends pas qu'on n'y ait pas pensé avant.

Au milieu de la pelouse, devant la petite maison blanche, se trouvait un bassin ovale, en béton, de la taille d'une table de billard. C'était le domaine de Janet et de John, deux poissons rouges que Fiona avait gagnés dans une fête foraine alors qu'elle devait avoir l'âge d'Angus. Elle ne s'en était pas vraiment souciée depuis, mais en voyant Crusoé déchiqueter la sardine, son sang ne fit qu'un tour.

— Oh non ! protesta-t-elle. Que vont devenir Janet et John, alors ?

— Déjeuner et dîner, répliqua son frère sans la moindre émotion.

— Non, non, intervint grand-père Grognon, on ne va pas les laisser finir comme ça. Nous allons organiser une opération de sauvetage. On va les pêcher avec le filet à crevettes. Il y a un vieux bocal à poissons dans mon abri de jardin. Ils pourront y vivre le temps que Crusoé soit assez grand pour s'installer dans le petit loch. Allez, j'en veux un qui vienne m'aider à les attraper tandis que l'autre donne le reste des sardines à ce petit bonhomme.

Fiona regarda son frère. Il paraissait hypnotisé par la boîte de conserve.

— Je reste ici, s'empressa-t-elle d'annoncer.

Lorsqu'ils furent partis, elle s'agenouilla devant la baignoire, posa la boîte sur le rebord et donna à manger au dragon des mers. Elle lui jetait le poisson par petits bouts.

— C'est très mauvais d'avaler tout rond, expliqua-t-elle. Grand-père n'aurait pas dû te lancer une sardine entière comme ça.

Crusoé la dévisagea. Elle remarqua qu'il avait les yeux en forme de losange, très foncés et brillants d'intelligence. On aurait dit qu'il l'écoutait avec attention.

Lorsqu'il eut fini la troisième sardine (sur quatre), il parut rassasié, car il se laissa couler dans le fond de la baignoire où il se reposa un peu. Puis il remonta comme une bulle de champagne, sortit ses narines de l'eau, inspira une bouffée d'air et replongea. Il répéta l'opération plusieurs fois tandis que Fiona le chronométrait avec sa montre.

Il arrivait à retenir sa respiration pendant environ une minute et semblait remonter automatiquement pour respirer car il avait les yeux fermés, l'air profondément endormi. Au bout d'un quart d'heure, il remonta complètement et regarda à nouveau Fiona, mais sans réclamer, cette fois.

— Tu as assez mangé, hein ? On va garder la dernière sardine pour plus tard.

Elle allait rincer ses doigts tout gras dans la baignoire lorsqu'elle réalisa que Crusoé risquait de les prendre pour du poisson.

« Ne sois pas bête, Fiona, se dit-elle. Il a de toutes petites dents, et puis, il ne faut pas qu'il croie que j'ai peur de lui. »

Elle osa donc tremper un doigt dans l'eau, lentement, en répétant d'une voix douce : « Sage, Crusoé, sage ! », jusqu'à lui toucher le museau.

Et il lui lécha le doigt avec délicatesse.

4

La dernière sardine

Il ne serait jamais venu à l'idée de Crusoé
de mordre le doigt qu'on lui tendait. La
créature géante à qui il appartenait était,
dans son esprit, celle qui le nourrissait et, de
fait, son amie, comme les deux autres.

Elle le chatouilla tandis qu'il flottait à la
surface, nageoires en éventail. Elle caressa
sa tête de cheval, puis descendit le long de
son dos de tortue couvert de peau de crapaud jusqu'à sa queue de crocodile. C'était

extrêmement agréable. Crusoé poussa un petit cri joyeux, les yeux clos de plaisir. Lorsqu'il les rouvrit, ce fut pour découvrir que les deux autres géants étaient revenus et que, à nouveau, ils échangeaient des bruits bizarres. Le plus petit des géants se mit à le caresser à son tour, avec davantage de vigueur, ce qui était encore plus agréable. Crusoé gigotait tellement qu'il faisait des vaguelettes qui battaient contre le bord de la baignoire. « C'est le seul reproche que j'aurais à faire, se dit Crusoé. Je mange bien, j'ai plein de caresses, les géants m'ont l'air de créatures plutôt sympathiques. Mais je commence à me sentir un peu à l'étroit dans cette petite prison blanche et froide. J'aimerais bien qu'ils me trouvent un endroit où j'aurais plus d'espace. »

À cet instant précis, le plus grand des géants, comme s'il avait lu dans ses pensées, se pencha et le tira de la baignoire.

La plupart d'entre nous possèdent deux ou trois souvenirs marquants de leur petite

enfance. Durant toute sa longue vie, le dragon des mers n'oublierait jamais le moment
où il découvrit le bassin à poissons rouges.

Il ne savait pas de quoi il s'agissait, bien
sûr, mais il se rendit vite compte que c'était
dix fois plus grand que l'endroit d'où il
venait, une étendue d'eau profonde, sombre
et pleine d'herbes aquatiques. Tout excité,
il en fit le tour, puis il plongea sous le tapis
de nénuphars et se mit à gratter le fond

boueux où ils prenaient racine, ce qui eut pour effet de déloger une foule de minuscules habitants de la mare – crevettes d'eau douce, insectes et vers grouillants. Crusoé se lança à leur poursuite. Maintenant, avec davantage d'espace pour bouger, il pouvait prendre de la vitesse. Il en attrapa (et en avala) quelques-uns, mais la plupart étaient trop rapides pour lui et, finalement, il refit surface, hors d'haleine, pour s'apercevoir qu'un quatrième géant avait rejoint les autres.

Le dragon des mers pépia gaiement. Pour l'instant, c'était le seul son qu'il était capable de produire. Il voulait juste exprimer sa joie, mais la réaction fut immédiate : la dernière sardine atterrit sous son nez dans une gerbe d'éclaboussures huileuses.

— C'est la dernière sardine que je lui donne, déclara maman. Vous avez bien compris ?

— La dernière dernière ? s'étonna Fiona.

On ne pourra pas lui en donner de temps en temps comme friandise ?

— Pour Noël, suggéra Angus. Pour Pâques, pour son anniversaire, le samedi et le dimanche et…

— Non. Impossible. J'ai déjà du mal à joindre les deux bouts pour vous nourrir tous les trois sans gaspiller de la nourriture pour un… un je-ne-sais-quoi.

— Dragon des mers ! complétèrent-ils d'une seule voix.

— Ce n'est pas du gaspillage, maman, intervint Angus. Il en a besoin pour devenir un gros gros monstre.

Grand-père Grognon tira sur sa moustache tombante et fronça ses sourcils broussailleux d'un air ronchon.

— Tu refuses le couvert à cette pauvre bestiole ?

— Oui, répliqua-t-elle. Si tu veux dépenser ta pension pour lui acheter à manger, ça te regarde. Prends-lui du saumon fumé, à mon avis, il va en raffoler.

Et sur ces mots, elle tourna les talons.

Fiona regarda Crusoé dévorer la dernière sardine avec appétit.

— Je pourrai lui garder un peu de ma part à chaque repas. Et toi aussi, Angus.

— Pas question.

— Ce n'est pas la peine. Ce qu'il faut, c'est pêcher ce dont il a besoin, affirma grand-père.

— Du poisson ?

— Oui, et tout ce qu'on peut trouver de comestible dans la mer, sur la plage, dans les flaques des rochers. À mon avis, il ne va pas faire le difficile, du moment qu'il y a de la chair à manger.

Le dragon des mers était justement en train d'engloutir la queue de la sardine.

— C'est un petit carnivore, pas de doute, constata grand-père.

— Un quoi ? s'étonna Angus.

— Un mangeur de viande, expliqua Fiona.

— Alors je suis un carnivore.

— Tu es un omnivore, corrigea grand-père Grognon.

— Un quoi ?

— Quelqu'un qui mange tout et n'importe quoi.

Crusoé, qui avait fini son poisson, traversa le bassin, posa sa tête de cheval sur le rebord en béton et poussa son petit cri.

— Il a encore faim, remarqua Fiona, alors qu'il réclamait des caresses.

— Moi aussi, intervint son frère. Ça doit être l'heure du dîner.

Et il s'en fut d'un pas décidé.

— Tu sais, grand-père, commença Fiona, j'ai l'impression que Crusoé a déjà grandi. Il a pourtant à peine un jour !

Grand-père Grognon s'agenouilla et, tendant la main, il posa son pouce au bout du museau de Crusoé et écarta les doigts au maximum. Son petit doigt arrivait au bout de sa queue.

— Pile la largeur de ma main, conclut-il.

— Ça fait combien ?

— Vingt-trois centimètres.

— Tu crois qu'il mesurera combien quand il aura atteint sa taille adulte ?

— Quinze, vingt mètres.

— Oh, tu me fais marcher ? Il faudrait qu'il grandisse à vue d'œil.

— Il va grandir très vite. Je t'assure, tu verras ce que je te dis.

Vingt-quatre heures plus tard, Fiona put constater que son grand-père avait raison.

Leur expédition matinale sur la plage avait été fructueuse. Fiona et Angus avaient pêché dans les rochers avec leurs filets à crevettes, tandis que leur grand-père, équipé de hautes cuissardes, écumait les bas-fonds avec un filet plus grand. Les enfants avaient attrapé plein de petits poissons de roche, blennies et gobies. Quant à grand-père Grognon, il avait pris deux belles limandes.

Crusoé avait mangé les limandes pour le déjeuner et, maintenant, pour le dîner, il était en train d'avaler le dernier des poissons de roche. Lorsqu'il eut fini, il s'approcha du bord du bassin comme la veille. Angus était déjà reparti en prétextant :

— Ça me donne faim rien que de le regarder.

Grand-père Grognon se mit à genoux pour mesurer le dragon des mers avec sa main. Il avait beau écarter les doigts tant qu'il pouvait, son petit doigt n'arrivait pas au bout de la queue de l'animal.

— Il a pris au moins deux ou trois centimètres ! s'écria Fiona. Tu te rends compte ? En vingt-quatre heures !

De jour en jour, le dragon des mers continua à grandir, grandir, grandir…

Finalement, ils n'avaient pas tant de mal que ça à le nourrir car, comme l'avait prévu grand-père Grognon, il n'était absolument pas difficile. En plus des différentes sortes de poissons qu'ils lui apportaient, il se régalait de crevettes, roses ou grises, et d'étoiles de mer, croquait sans problème les gros crabes verts et adorait les moules – une chance car les rochers en étaient couverts. Les enfants n'avaient plus qu'à les lui ouvrir.

Le fait que toutes ces créatures marines soient jetées dans l'eau douce du bassin ne posait pas de problème. Elles n'avaient même pas le temps de souffrir du changement, car l'appétit de Crusoé croissait avec sa taille ! Au fil des semaines, il était passé de la corpulence d'un chaton à celle d'un chat adulte. Lorsque grand-père Grognon le mesurait, il avait désormais besoin de ses deux mains, du pouce au petit doigt, pour aller de son museau à sa queue.

— Quand penses-tu qu'il sera assez grand pour déménager dans le petit lac, grand-père Grognon ? demanda Fiona.

— Pas encore. Il y a des brochets deux fois plus gros que lui là-dedans.

— Mais je suis sûr qu'il leur mettrait la raclée ! affirma Angus. Il les réduirait en miettes, ces vilains brochets. Il leur ferait passer un sale quart d'heure, notre Crusoé !

Il courait autour du bassin en agitant les bras comme des nageoires et en faisant d'horribles grimaces qui découvraient ses dents.

— Non, non, il faut attendre qu'il soit bien plus grand ! protesta grand-père. Il faut qu'on le nourrisse bien pendant un bon moment encore, jusqu'à ce qu'il soit assez costaud pour se défendre et se débrouiller seul. Pour l'instant, l'avantage, c'est que dans ce bassin, Crusoé est en sécurité.

Malheureusement, grand-père Grognon se trompait.

5

Encerclé par l'ennemi

Vous connaissez l'expression « être encerclé par l'ennemi », eh bien, même si personne n'en était encore conscient, c'était exactement le cas de Crusoé.

Le premier ennemi possédait quatre pattes.

Un matin, alors que Crusoé avait trois mois, Fiona fut réveillée à l'aube par un bruit étrange dans le lointain. Une sorte de sifflement flûté et aigu. Sa mère l'entendit également, pensa qu'il s'agissait d'un oiseau, se retourna et se rendormit. Grand-père Grognon, qui avait des insomnies, comme souvent les personnes âgées, avait fini par s'endormir sur le matin. Quant à Angus, évidemment, il était plongé dans le plus profond sommeil et n'avait rien entendu.

Le sifflement retentit à nouveau.

Derrière la petite maison blanche du sommet de la falaise se déployait la lande, de grandes étendues de bruyère et de tourbières où les courlis poussaient leur triste « cour li hou hi hou hi » et où le coq de bruyère répondait « gueck-gueck-gueck ». Mais le sifflement flûté se rapprochait petit à petit de la maison.

Prise d'une soudaine inquiétude, Fiona sauta du lit pour prendre un livre dans sa bibliothèque. Il s'agissait du *Guide des animaux sauvages des îles britanniques*, un de ses ouvrages préférés, car tout ce qui touchait à la nature la passionnait. Elle avait récemment lu quelque chose qui venait de lui revenir à l'esprit. Elle s'empressa de retrouver la page, parcourut les différents paragraphes « Espèce », « Durée de vie », « Nourriture » jusqu'à la rubrique « Cri » : « un souffle rauque exprime la peur, un couinement la colère et un sifflement aigu et flûté… »

Alors qu'elle était en train de lire, elle l'entendit à nouveau, tout près… le sifflement d'une loutre !

Enfilant son peignoir à la hâte, Fiona dévala les escaliers, sauta dans ses bottes et fila dehors. Il faisait assez jour maintenant pour distinguer – tout en courant – une silhouette basse au dos rond traverser la pelouse en direction du bassin. Les loutres, Fiona le savait, adoraient le poisson et, pour elle, le dragon des mers ne constituerait qu'une nouvelle sorte de poisson, au goût encore inconnu.

Fiona ouvrit la bouche pour crier plus fort qu'elle n'avait jamais osé le faire de sa vie. La loutre, surprise, sursauta, fit volte-face et s'enfuit en galopant aussi vite que ses courtes pattes le lui permettaient.

Fiona s'agenouilla au bord du bassin, essoufflée par l'effort mais aussi par un mélange de peur et de colère. Au bout de quelques instants, le petit dragon endormi fit surface. Pointant son museau hors de l'eau, il prit sa respiration et replongea. Il n'avait pas entendu Fiona crier. Pas plus qu'Angus, bien entendu. En revanche, sa mère et son grand-père accoururent pour voir ce qui se passait.

— Qu'est-ce qu'on va faire ? demanda Fiona, une fois qu'elle leur eut tout raconté. La loutre risque de revenir.

— J'en doute, répondit son grand-père. Je crois que tu lui as fait la peur de sa vie. En tout cas, moi, j'ai eu une peur bleue. Mais, au cas où, mieux vaut prendre des mesures pour protéger Crusoé.

Il occupa donc sa matinée à construire un grand cadre, un cadre en bois où il tendit du grillage, qui se posait sur le bassin comme un couvercle. Il resta en place durant tout l'été, jour et nuit, et on ne l'enlevait que pour nourrir Crusoé ou jouer avec lui.

Le deuxième ennemi, quant à lui, marchait sur deux pattes.

C'était environ un mois plus tard, un jour d'automne où il n'y avait personne à la maison. Maman avait pris le bus pour aller faire les courses de la semaine et les autres étaient descendus sur la plage, ramasser des trésors sur le rivage et capturer à manger pour Crusoé. Ils le pensaient en sécurité sous son grillage.

Ils étaient presque arrivés en haut de la falaise, revenant chargés d'un fagot de bois flotté pour grand-père Grognon et d'un seau de poisson chacun pour les enfants, lorsqu'ils entendirent un croassement rauque en provenance du bassin. Comme si quelqu'un criait :

— Frank !

Et répétait de plus en plus vite :

— Frank ! Frank ! Frank !

— Vite ! ordonna grand-père en laissant tomber son fardeau. Posez vos seaux et courez !

— Qu'est-ce que c'est ? s'exclamèrent les enfants.

— Un héron !

« Oh non ! » se dit Fiona en démarrant en trombe. Non seulement elle avait lu la page concernant les hérons dans son livre, mais elle en avait déjà vu un, planté sur ses grandes pattes dans le petit lac, son long cou tendu, scrutant la surface de ses yeux brillants. Elle l'avait vu se figer soudain, puis, vif comme l'éclair, plonger son long bec jaune dans l'eau et harponner un poisson.

Cependant la scène qu'ils découvrirent était plus comique que tragique.

Le héron avait effectivement essayé d'attraper le dragon des mers mais le bout de son bec était resté coincé dans le grillage protecteur.

— Frank ! cria à nouveau l'oiseau qui, voyant les humains approcher, se démena de plus belle pour se libérer.

Il y parvint enfin, prit son envol et s'éloigna en battant lentement de ses grandes ailes incurvées.

— Il y a du sang dans l'eau, remarqua Angus d'un air catastrophé.

La pointe du bec de l'oiseau était en effet allée assez loin sous le grillage pour atteindre le dos de Crusoé, mais ce n'était qu'une égratignure qui ne semblait pas le gêner le moins du monde. Il le prouva en dévorant tout le poisson qu'ils avaient pêché avec son appétit légendaire.

Le troisième ennemi surgit en hiver, ni sur deux, ni sur trois pattes. Il était impalpable, invisible, inodore et silencieux. Mais, alors que les deux premiers étaient arrivés par surprise, celui-ci était attendu.

Un soir, peu après le nouvel an, grand-père Grognon était, comme à son habitude, en train d'écouter la radio, guettant les prévisions météo pour pouvoir, comme à son habitude, râler après le temps.

C'est alors que l'appareil annonça l'arrivée du troisième ennemi.

— Cette nuit, disait le présentateur, il risque de geler sur toute l'Écosse. Les régions les plus touchées seront les Highlands et les Grampians, sauf à l'ouest où la situation sera moins critique.

La côte ouest du pays était généralement épargnée par les grands froids grâce à l'influence du Gulf Stream, ce courant chaud de l'océan Atlantique. Cependant la menace d'une gelée, même légère, fut suffisante pour mettre grand-père Grognon sur ses gardes. Il alla vérifier mais la surface du bassin n'était pas gelée, peut-être parce que le grillage la protégeait. À l'aube, le lendemain, une fine couche de glace recouvrait néanmoins le bassin.

Avant le petit déjeuner, grand-père Grognon et les enfants rendirent visite à Crusoé. Il avait l'air de bien s'amuser. Il se frayait un chemin à travers la glace qui se brisait dans un concert de craquements.

— C'est un vrai brise-glace ! s'exclama Angus en tournant autour du bassin, les bras tendus pour imiter la proue d'un bateau. Un brise-glace de l'Antarctique qui fonce droit devant à toute allure, crac, bang, zou !

— Mais d'ici peu, il ne sera sans doute plus capable de la briser, remarqua grand-père.

— Pourquoi ? demanda Fiona.

— Parce qu'ils disent que c'est le début d'une grosse vague de froid et, dans quelques jours, un petit bassin comme celui-ci risque d'être recouvert d'une épaisse couche de glace.

— Trop épaisse pour que Crusoé puisse la casser ?

— C'est possible.

— Assez épaisse pour patiner dessus ? s'écria Angus en s'arrêtant brutalement. Ce serait drôle !

— Ce ne serait pas drôle du tout pour

Crusoé, espèce d'idiot. S'il est coincé sous la glace, il ne pourra plus respirer.

— Et il se noiera, déclara Angus d'une voix grave.

Il referma ses mains autour de son cou, tira la langue en louchant avec d'horribles gargouillis.

— Oh, arrête de faire l'andouille ! soupira Fiona. Qu'est-ce qu'on va faire, grand-père Grognon ?

— Il faut qu'il déménage.

— On va le mettre dans le petit loch ?

— Oui, il est trop profond pour geler.

— Mais… et les brochets ? La loutre ? Le héron ?

— Je pense que Crusoé est capable de se débrouiller tout seul, désormais.

En effet, le dragon des mers, âgé maintenant de dix mois, avait énormément grandi. Depuis longtemps, il n'y avait plus âme qui vive dans le bassin, mis à part lui, car il avait mangé jusqu'à la dernière bestiole. Ses besoins alimentaires étaient tels que, dernièrement, grand-père Grognon et les enfants devaient descendre deux fois par jour à la plage. Il était aussi gros qu'un... hum, difficile de comparer un animal à un autre, mais puisque au départ nous avions pris l'image d'un chaton, puis d'un chat, désormais, il était de la taille d'un jeune tigre (sans y ressembler le moins du monde, bien entendu). Comme celui d'un tigre, son corps s'était beaucoup allongé, mais à la place des pattes, il possédait quatre nageoires en forme de diamant.

— Se débrouiller seul ? répéta Angus. Mille sabords, bien sûr qu'il va se débrouiller, notre Crusoé ! Je parie que, maintenant, il aurait le dessus sur la loutre et le héron, grand-père Grognon. Il leur apprendrait à vivre, à ces rats de cale, ces pirates, ces flibustiers !

— Comment va-t-on procéder pour l'emmener là-bas ? s'inquiéta Fiona.

— C'est bien ce qui me tracasse, répondit son grand-père. J'ai attendu trop longtemps.

J'avais prévu de le transporter dans la brouette, maintenant il est trop lourd et je ne peux demander de l'aide à personne, sinon notre secret sera percé à jour. Il me faudrait pourtant un coup de main.

— Mais alors, qu'est-ce qu'on va faire ? se désespéra Fiona.

— On va prendre notre petit déjeuner, décida Angus. Je meurs de faim.

Tandis qu'ils rentraient à la maison, ils aperçurent le facteur qui s'éloignait sur sa vieille bicyclette rouge. Et lorsqu'ils entrèrent dans la cuisine, ils trouvèrent maman avec une enveloppe ouverte à la main. Elle paraissait toute joyeuse.

— Devinez quoi ? C'est une lettre de votre père. Son bateau a fait escale dans l'estuaire de la Clyde hier. Il sera là ce matin !

6

Le marin revient au port

Fiona était tellement contente que son père rentre à la maison qu'elle ne put avaler grand-chose. Angus était ravi, lui aussi, mais ça ne l'empêcha pas de vider son assiette et de finir celle de sa sœur.

Comme ils savaient à quelle heure le bus arrivait au pied de la colline, ils étaient tous postés devant la petite maison blanche lorsque la silhouette vêtue de bleu apparut au loin, sac marin sur l'épaule, un bras chargé de paquets et l'autre les saluant joyeusement.

— Le marin revient au port, commenta grand-père Grognon en regardant sa fille et ses petits-enfants courir à sa rencontre.

La maison était en pleine ébullition tandis qu'on ouvrait les paquets, tous ces cadeaux venus de pays lointains. Maman avait un magnifique coupon de soie, grand-père un paquet de graines mystérieuses à planter dans le jardin, Fiona un collier de dents de requin et Angus un quatre-mâts avec toute sa voilure voguant pour l'éternité dans sa petite bouteille.

— Comme vous avez grandi ! s'exclama papa. La dernière fois, je pouvais facilement te porter, Angus. Maintenant, je n'en serais plus capable.

— Il a bon appétit, commenta maman.

Ce qui rappela à Fiona le dragon des mers qui était devenu trop lourd pour pouvoir être transporté.

— Grand-père Grognon ! s'écria-t-elle. On n'a pas donné à manger à Crusoé !

— Qui c'est, ce Crusoé ? s'étonna papa.

— Notre monstre ! répondit Angus. On a trouvé son œuf sur la plage, il a éclos dans la baignoire et, maintenant, il vit dans le bassin à poissons rouges. On va lui pêcher de quoi manger tous les jours. Il engloutit tout, miam, miam, slurp ! Si tu voyais ses dents, papa, mille fois plus grandes que celles du collier de Fiona !

Angus découvrit sa mâchoire dans une grimace menaçante.

— Mais qu'est-ce qu'il raconte ? s'inquiéta papa.

Les autres lui expliquèrent toute l'histoire.

— Vous arrivez à point nommé, conclut grand-père Grognon. Il faut qu'on l'installe dans le petit loch le plus vite possible et il est trop lourd pour moi. Même à deux, ça ne va pas être évident de le hisser hors du bassin. Alors j'ai pensé qu'on pourrait ne rien lui donner à manger aujourd'hui, comme ça, il aura tellement faim qu'il se risquera peut-être à sortir de l'eau tout seul si on l'attire avec une friandise.

— Viens le voir, papa, proposa Fiona.

Ils se rendirent tous au bord du bassin où Crusoé réclamait sa pitance, affamé.

Ils ôtèrent le grillage pour que le dragon des mers puisse poser sa tête sur le bord du bassin lorsque Fiona l'appela.

— Mille sabords ! J'ai pourtant parcouru les océans mais je n'avais jamais croisé une créature pareille ! C'est une sorte de serpent de mer ?

— Un dragon des mers, corrigea grand-père Grognon.

— Ah oui, vous nous en aviez déjà parlé. Il y en avait un dans le loch Morar, à ce que vous m'aviez dit, non ?

Le grand-père hocha la tête.

— Vous pouvez le caresser, c'est une gentille bestiole.

Papa se baissa pour gratouiller Crusoé entre les oreilles.

— Quand est prévu le déménagement, alors ?

— J'avais pensé demain matin. À nous

deux, on pourrait le charger dans ma vieille brouette pour le transporter par la route jusqu'au petit loch. On sera dimanche, le facteur ne passe pas, le bus non plus, il n'y aura donc personne dans les parages.

Crusoé nageait de long en large dans le bassin comme chaque jour à l'approche de midi, relevant parfois sa petite tête de cheval pour regarder en direction du sentier de la falaise. C'était l'heure de son premier repas du jour. Et lorsqu'il vit les géants approcher, il se mit à pousser des cris impatients. On ne pouvait plus dire qu'il pépiait car sa voix avait mué. Il poussait maintenant une sorte de meuglement grave comme une vache enrouée appelant son veau. C'était un bruit assez rauque, à vrai dire.

Mais quand les géants retirèrent le grillage, il constata qu'ils n'avaient pas apporté de nourriture. De plus, ils n'étaient pas quatre, mais cinq. Lorsque l'un des plus petits l'appela, il posa sa tête sur le rebord du bassin. Le nouveau géant – très grand, celui-ci – se pencha et le gratouilla entre les oreilles. Ils émirent ensuite leurs bruits habituels, alternativement graves et aigus.

Puis ils s'en furent. Une pluie froide et drue se mit alors à tomber. Le soir, la pluie avait cessé, mais Crusoé mourait de faim. Cela faisait vingt-quatre heures qu'il n'avait pas mangé et il ne pouvait penser à rien d'autre : tendres limandes tachetées, petits

poissons de roche bruns, crabes verts crous-
tillants et étoiles de mer roses et juteuses…
Quant aux moules, il aurait pu en avaler un
tonneau entier.

Pour la première fois de sa vie, il envisa-
gea de se mettre lui-même à la recherche de
son repas au lieu d'attendre qu'on le lui
apporte. Et, pour la première fois, il tenta de
sortir du bassin. Au prix de nombreux
efforts, il parvint à soulever le cadre grillagé
avec sa tête et à poser les deux nageoires de
devant sur le béton trempé par la pluie.
Mais le rebord était trop haut et déjà gelé, si
bien qu'il glissa et retomba dans l'eau avec
un gémissement de déception.

Cette nuit-là, il gela vraiment fort, mais la
surface de l'eau ne risquait pas de se chan-
ger en glace car, tenaillé par la faim, Crusoé
ne cessait d'arpenter le bassin en tous sens.

L'aube arriva enfin, le soleil se leva, monta
dans le ciel, brillant d'un éclat sans chaleur,
tandis que le dragon des mers affamé poussait des meuglements désespérés. Enfin,

quatre des cinq géants se montrèrent, précé-
dés par le doux fumet de la nourriture qu'ils
apportaient !

Ils purent constater que, malgré le froid
de la nuit, Crusoé avait empêché la glace de
se former en ne cessant de barboter. Mais
tout le reste était gelé, la pluie de la veille
avait figé le jardin sous une fine pellicule de
glace. La moindre branche, la moindre brin-
dille était gelée.

Crusoé s'empressa d'approcher, sans
attendre qu'on l'appelle. Il sentait le poisson que Fiona avait mis dans une soucoupe.

À la surprise de tous (et au grand déses-
poir d'Angus), leur mère leur avait donné
une petite boîte de harengs pour attirer le
dragon des mers hors du bassin. En réalité,
elle était ravie d'apprendre que, dorénavant,
il allait enfin chasser sa propre pitance et
qu'elle n'aurait plus à laver des vêtements
couverts d'écailles visqueuses.

— Agite un hareng sous son nez, Fiona,
ordonna grand-père Grognon. Pas trop près,

attention. Il ne faut pas qu'il l'attrape tout de suite.

Crusoé tenta désespérément de se hisser hors de l'eau, mais le rebord gelé était trop glissant.

— Bon, constata papa. Il va falloir qu'on l'aide.

Habitué à charger et décharger les cales des bateaux, il prit la direction des opérations.

— Angus, dit-il, mets-toi derrière moi. À mon avis, ce petit gars est plus proche des cent kilos que des cinquante et je ne voudrais pas que quelqu'un se fasse mal. Fiona, continue à agiter le hareng sous son nez, mais tiens-toi prête à reculer dès qu'il sortira de l'eau.

Il se tourna vers grand-père Grognon pour ajouter :

— Dès qu'il se hissera sur le rebord, je saisirai l'une de ses nageoires et vous l'autre. À mon signal. Prêts ? Vas-y, Fiona !

Et, alors que Crusoé émergeait à nouveau, ils l'attrapèrent chacun par une nageoire.

— Hisse et ho ! Hisse et ho ! criait le marin.

Angus sautillait sur place, tout excité.

— Courage, moussaillons, tenez bon !

Enfin, soufflant et grondant, ils réussirent à le hisser hors de l'eau et le dragon des mers se retrouva tout dégoulinant, échoué dans l'herbe gelée.

— Larguez les amarres ! cria papa à grand-père Grognon pour lui indiquer qu'il pouvait lâcher.

Puis il ajouta à l'adresse de Fiona :

— Tu peux lui donner le hareng.

— Pfff ! soupira grand-père Grognon. Il pèse son poids, l'animal. Je ne sais pas si on va pouvoir le charger dans la brouette.

— De toute façon, en admettant qu'on y arrive, et qu'elle ne se brise pas sous son poids, on ne pourrait pas le pousser. Voyons d'abord s'il peut faire voile de lui-même.

Le lent cortège s'ébranla alors, traversant la pelouse pour rejoindre la route. La vitesse et la grâce avec lesquelles Crusoé se mouvait dans l'eau n'avaient d'égal que sa maladresse et sa lenteur sur la terre ferme. Mais, aiguillonné par la faim, il suivit Fiona et son hareng, lentement, doucement, rampant à une allure de tortue.

— Belle vitesse de croisière ! commenta papa en consultant sa montre. Une demi-heure pour parcourir cinquante mètres !

— On n'arrivera jamais au petit loch. On va y passer la nuit ! grommela grand-père Grognon.

Mais soudain un événement inattendu accéléra le cours des choses.

Fiona, qui marchait toujours à reculons, atteignit enfin la route et quitta la pente herbeuse pour le goudron. Ses jambes se dérobèrent sous elle, elle tomba en arrière, lâcha la soucoupe et les derniers harengs atterrirent sous le nez du dragon des mers, ravi.

— Ça va, Fiona ? s'inquiétèrent les autres.

— Oui, oui, fit-elle en se relevant tant bien que mal. Mais il a mangé tous les poissons. Avec quoi va-t-on l'attirer maintenant ?

— Ce n'est plus la peine, remarqua son père en souriant.

— Pourquoi ?

— Regarde.

Il ramassa un caillou poli et le lança sur la pente légère de la route. Il glissa, glissa, sans s'arrêter. La pluie avait en effet recouvert la route d'une épaisse couche de glace, une vraie patinoire !

— On n'a plus qu'à le faire glisser comme un palet de hockey ! s'écria grand-père Grognon.

Et c'est exactement ce qu'ils firent.

La route était tellement glissante que le père de Fiona et Angus préféra qu'ils marchent sur le bas-côté avec grand-père, car il savait que jeunes et vieux os étaient très fragiles. Il se chargea donc de pousser Crusoé.

Ainsi ils avançaient dix fois plus vite. Glissant comme sur un toboggan, le dragon des mers dévala la route glacée sans aucun effort et, en une demi-heure à peine, ils arrivèrent au petit loch. C'était facile, la route s'arrêtait à une centaine de mètres du lac. Un dernier effort, et plouf ! Crusoé se retrouva dans sa nouvelle demeure.

Il était visiblement ravi de retrouver son élément et d'avoir autant de place pour nager. Il fila, tête et cou hors de l'eau comme un périscope, traçant une onde en forme de V à la surface, et rejoignit le centre du petit loch. Là, il se retourna pour les regarder un instant, debout sur le rivage.

Puis il plongea sans bruit et disparut hors de leur vue.

7

Un monstre trop gentil

— À mon avis, il va avoir des ennuis,
remarqua papa le lendemain matin.

— Oui, je sais. Il est trop gentil, reconnut
grand-père.

Ils étaient en train de regarder les enfants
qui jouaient avec Crusoé au bord du petit
loch. Ils avaient pris un bâton pour lui gratter le dos et, comme toujours, il poussait de
petits cris de plaisir sous les chatouilles.

En arrivant, ils ne l'avaient pas vu tout de suite. La surface du loch était parfaitement lisse. Mais quand Fiona l'avait appelé, le dragon des mers l'avait aussitôt rejointe en nageant.

— Il n'a pas peur de l'homme, voilà le problème. Les humains pour lui, c'est synonyme de caresses et de friandises. Il risque d'accueillir n'importe qui de la même façon — les gens du coin, les touristes, tout le monde.

Il se tourna vers les enfants.

— Imaginez que des camarades d'école passent par là. Si Crusoé les aperçoit, il va les prendre pour vous et venir leur réclamer une caresse. Vous n'en avez parlé à personne, hein ?

— Bien sûr que non ! s'indigna Fiona.

— Personne ne nous croirait, de toute façon, ajouta Angus.

— Heureusement, il ne vient pas grand monde par ici, remarqua grand-père Grognon.

— Oui, mais il suffit qu'une seule personne

l'aperçoive et le secret sera éventé. Des dizaines de journalistes rappliqueront afin de le prendre en photo et d'écrire des articles. Tout le monde se pressera pour le voir. Au bout du compte, ils décideront de l'attraper et de le mettre dans un zoo. Enfin, à condition qu'il ne soit pas la proie d'un chasseur qui en fera un trophée pour décorer son salon.

— C'est trop petit, ici, enchaîna grand-père. Surtout à la vitesse où il grandit. S'il était dans un lac plus profond, le loch Lomond, par exemple, il serait déjà moins facile à repérer.

— Mmm, fit papa. À mon avis, la première chose à faire, c'est de lui enseigner un nouveau truc. Il répond déjà à son nom, maintenant, il faut lui apprendre à rester caché tant qu'on ne l'appelle pas.

— Comment diable allons-nous nous y prendre ?

— Ça ne sera pas facile. Il va falloir le dresser. Il a eu la vie trop facile jusque-là.

— Les enfants l'adorent, se justifia grand-père Grognon. Ils passent de bons moments avec lui.

— Moi, je crois que vous aussi, vous l'adorez.

Papa jeta un regard en biais à son beau-père qui, une fois n'est pas coutume, souriait en voyant ses petits-enfants jouer avec le dragon des mers.

— Si vous me permettez, je trouve que vous avez l'air plus heureux qu'autrefois.

— Humpf, grogna grand-père Grognon.

— Enfin, bref, si nous voulons garder cet étrange animal, ce qui implique que personne n'en entende jamais parler, il va devoir apprendre à ne se montrer que quand on le lui demande. Même si nous devons employer la manière forte !

Ce soir-là, alors qu'ils étaient tous assis autour d'un bon feu de bois flotté, car il faisait encore très froid dehors, le père de Fiona et Angus leur expliqua son point de vue.

— Vous comprenez, conclut-il, nous

n'avons pas le choix, sinon nous risquons de perdre Crusoé. S'il vient quand on l'appelle, c'est bien, on peut le caresser, le féliciter, le chatouiller, lui offrir une friandise et lui faire la fête. Mais il faut aussi que, durant les prochaines semaines (il avait un mois de permission pendant que son bateau subissait des réparations à Greenock), nous essayions de rester au bord du lac, sans l'appeler, sans rien dire. Au début, il va venir dès qu'il nous verra, mais il ne faudra pas le toucher, ni lui donner quoi que ce soit et lui parler d'un ton sec, comme à un chiot qui aurait fait une bêtise.

— Mais papa ! protesta Fiona. Ça va lui faire de la peine.

— Sans doute, mais ça lui apprendra. Il faut qu'il comprenne. Et nous avons intérêt à nous y mettre dès que possible. Première leçon demain matin.

La veille, Crusoé avait eu une journée chargée : d'abord son départ du bassin à

poissons rouges, puis le trajet pénible jusqu'à la route, la descente vertigineuse sur la
pente verglacée et, enfin, le bonheur de se
sentir libre, dans un espace immense. Il
s'était aventuré dans les eaux sombres,
s'était retourné pour voir les quatre géants
lui faire signe, puis avait plongé au fond,
tout au fond du lac. Et qu'avait-il trouvé
dans le fond ? Des poissons, encore des
poissons, des milliers de poissons. Il ne
savait pas reconnaître un brochet, un saumon ou une truite, tout ce qu'il savait, c'est
que ce petit loch était plein de bonnes
choses à manger qu'il n'avait aucun mal à
attraper, tant il était agile sous l'eau.

Le soir, il s'était gavé de poisson, puis,
épuisé par toutes ses aventures, avec la sim-
plicité qui caractérisait toutes ses actions, il
avait fermé les yeux et s'était endormi.
Comme toujours, il avait fait machinalement surface pour remplir ses poumons
d'air avant de replonger, non plus à deux
mètres de profondeur mais à vingt.

Le lendemain matin, après avoir petit-déjeuné, il nageait tranquillement, sans but, d'une manière qui lui était naturelle et instinctive lorsqu'il ne chassait pas. Il était complètement immergé et invisible du rivage – mis à part ses deux narines qui pointaient à la surface de l'eau. Lorsqu'il entendit son nom, il fila vers le rivage.

Quelle joie d'être chatouillé par les deux plus petits géants (il les appelait encore ainsi dans sa tête bien qu'il soit maintenant bien plus gros qu'eux) ! Il se tortillait de plaisir. Il ne s'inquiétait pas qu'ils n'aient rien apporté à manger car il était repu. Repu et heureux.

Mais, le lendemain, les choses changèrent du tout au tout !

Il devait être sous l'eau lorsque les géants étaient arrivés car il les repéra soudain, debout sur le rivage, silencieux. Ils ne l'avaient pas appelé, mais Crusoé, ravi de les voir, fonça à leur rencontre et fit surface dans les eaux peu profondes. Il s'allongea sur le dos et quémanda des caresses en les fixant d'un regard énamouré. Mais point de caresses, point de démonstrations d'affection. À la place, ils émirent des sons furieux en désignant le milieu du lac et le repoussèrent signifiant qu'ils ne voulaient pas de lui. Puis ils tournèrent les talons et s'en furent sans un regard en arrière.

Triste et perplexe, le dragon des mers resta longtemps à fixer le dos des géants. Qu'avait-il fait de mal ? Il baissa la tête en poussant un long gémissement.

8

Premier anniversaire

— C'était affreux, raconta Fiona à sa mère. Être obligé de lui tourner le dos et de l'abandonner comme ça. Il ne doit rien y comprendre.

Les larmes lui montèrent aux yeux.

Sa mère la serra dans ses bras.

— Je suis sûre qu'il va vite comprendre.

— Ce sera dur au début, enchaîna son père, mais nous n'avons pas le choix.

— Il va se consoler avec tous les bons poissons qu'il a à manger, intervint grand-père Grognon. Vous avez vu, il avait le ventre rond comme un ballon.

— Au fait, quand est-ce qu'on mange ? s'inquiéta Angus.

Ils retournèrent au petit loch l'après-midi. Fiona appela Crusoé, il accourut et ils lui firent la fête. Elle était donc un peu rassurée en se couchant le soir.

Mais à peine eut-elle ouvert un œil le lendemain matin qu'elle réalisa, le cœur lourd, qu'elle allait une nouvelle fois devoir feindre la colère s'il venait sans avoir été appelé. Ce qu'il ne manqua pas de faire, évidemment. Ils durent donc recommencer à le disputer et à le chasser, et ce plusieurs jours de suite.

Au début, il ne semblait vraiment pas comprendre, puis un matin, ils restèrent au bord du lac, sans rien dire, et le dragon des mers ne vint pas. Ils distinguaient sa tête, au loin, tournée dans leur direction, mais il ne bougea pas.

— Il y a du progrès, commenta leur père,

mais ça ne suffit pas. N'importe qui pourrait apercevoir cette grande nouille qui dépasse de l'eau.

Et, de sa grosse voix de marin, il se mit à crier :

– PLONGE ! PLONGE !

Affolée, la petite tête s'enfonça dans l'eau dans une gerbe d'éclaboussures.

Petit à petit, le dragon des mers parut comprendre la leçon. Bientôt, il ne vint plus que lorsqu'on l'appelait. Et avant de repartir s'embarquer sur son bateau, papa put constater que, à moins de crier son nom, on n'apercevait pas un poil de la bestiole – qui n'en avait d'ailleurs pas. Parfois ses narines pointaient hors de l'eau, peut-être même ses deux yeux attentifs, mais personne n'aurait pu les remarquer sur la surface ridée et ondoyante du lac.

Du coup, ils n'étaient plus obligés de prendre une voix sévère pour s'adresser à Crusoé. Maintenant qu'il avait compris la leçon, ils pouvaient le gâter tant qu'il voulait lorsqu'il répondait à son nom. De son côté, l'animal se délectait de caresses, de mots doux et, parfois, d'une friandise exceptionnelle.

Un jour, Angus arriva avec un gâteau à la main. Il prévoyait toujours des réserves pour lui permettre de tenir jusqu'au prochain repas. Mais ce jour-là, peut-être parce que le petit déjeuner n'était pas loin, il se retrouva au bord du lac avant d'avoir mangé son biscuit. C'était un cookie aux pépites de chocolat, ses préférés.

Ils appelèrent Crusoé et attendirent sur le rivage, quand soudain, il jaillit de l'eau juste devant eux, si brusquement qu'il les fit sursauter, tendit son long cou et prit le biscuit de la main d'Angus.

— Arrière, pirate ! protesta le garçon. Rends-moi ça, rat de cale !

Mais le cookie avait déjà disparu et Crusoé avait une expression ravie. Il se lécha les babines d'un air approbateur et poussa un petit grognement sourd qui, ils le savaient, exprimait sa satisfaction.

À compter de ce jour, d'un commun accord (à l'exception d'Angus), ils décidèrent que Crusoé aurait droit à un cookie au chocolat dans les grandes occasions. Le 27 mars 1931, ils lui en offrirent même toute une boîte pour ses un an.

— Tu te souviens, grand-père, dit Fiona en regardant le paquet disparaître, emballage compris, quand il faisait pile la taille de ta main ? Regarde-le maintenant !

Dorénavant, il était impossible de comparer Crusoé à quelque félin que ce soit, même un tigre à dents de sabre. Il était bien plus gros. Grand-père Grognon estima que, à l'âge de un an, il mesurait environ quatre mètres cinquante du bout du museau à la pointe de la queue.

— Grâce à tout le poisson qu'il mange, dit-il.

— Comment fera-t-on lorsqu'il aura vidé le lac ? s'inquiéta Fiona.

Mais avant que son grand-père ait pu répondre, ils entendirent un bruit plutôt rare dans ce coin reculé d'Écosse, à cette époque. Il s'agissait du ronronnement d'une voiture, qui montait dans leur direction.

— Plonge ! ordonna grand-père Grognon.

Crusoé obéit immédiatement.

Lorsque la voiture arriva à leur niveau, elle s'arrêta sur le bord de la route et le conducteur descendit pour demander son chemin au grand bonhomme à la moustache tombante qui était au bord du lac en compagnie d'une fillette et d'un petit garçon rondouillard.

— Merci infiniment, dit-il une fois que grand-père lui eut indiqué la route.

Il contempla la surface du lac, lisse comme un miroir.

— Quel endroit paisible ! s'exclama-t-il. Je parie que rien ne vient jamais troubler le calme des lieux.

Ils attendirent que le ronronnement de la voiture se soit éloigné, puis grand-père Grognon encouragea son petit-fils :

— Vas-y, appelle-le.

Angus cria :

— Ohé, Crusoé ! Ohé, du bateau !

Provoquant un véritable geyser, l'étrange silhouette du dragon des mers jaillit du milieu du petit lac, comme une baleine qui fait surface. Dans une gerbe d'éclaboussures et d'écume, il fonça vers le rivage à toute allure, poussant de petits cris sourds, ravi que ses amis l'appellent une seconde fois.

— Quel endroit paisible ! se moqua Angus. Je parie que rien ne vient jamais troubler le calme des lieux.

En effet, rien ne vint troubler le calme des lieux durant le printemps et l'été 1931. Grand-père emmenait moins souvent les enfants au lac maintenant, environ une fois par semaine. Lorsqu'ils lui demandaient pourquoi, il répondait que Crusoé devait s'habituer à rester un peu seul. « Comme un enfant qui grandit, disait-il, bientôt, il devra faire sa vie. »

Un jour d'automne, ils assistèrent à une scène qui leur prouva que l'appétit du dragon des mers ne se limitait pas au poisson et aux cookies au chocolat.

En approchant du lac habituellement désert, ils aperçurent, sur la route en surplomb, un groupe d'une dizaine de personnes. Il ne s'agissait sûrement pas de gens du coin car les voix fortes qui leur parvenaient n'avaient pas l'accent écossais. De plus, ils étaient bizarrement vêtus, tous en pantalon, aussi bien les hommes que les femmes, avec d'épais pulls des îles Fair et de grosses bottines ferrées. Ils avaient des sacs sur le dos et des cannes à la main.

— Qui c'est ? demanda Angus.

— Des randonneurs, répondit grand-père Grognon d'un air sombre.

— C'est quoi ? voulut savoir Fiona.

— Des gens qui parcourent le pays à pied, généralement des citadins. C'est la mode ! Et ils ne savent pas distinguer un mouton d'un cochon !

L'un des randonneurs montra alors quelque chose du doigt sur le lac. Tous les autres se tournèrent dans la direction indiquée. Fiona retint sa respiration. Avaient-ils repéré Crusoé ? Elle tendit l'oreille pour écouter ce qu'ils disaient.

— Regardez, une oie !

— Ce n'est pas une oie, répliqua un autre sur un ton de M. Je-sais-tout, c'est un cygne.

— Oh, il plonge la tête dans l'eau. Il est drôle avec son derrière en l'air. Pourquoi fait-il ça ?

— Il pêche du poisson, répondit M. Je-sais-tout.

— Oh, il ressort la tête.

— Et voilà qu'il la remet dans l'eau.

Le cygne recommença son petit manège. Puis, brusquement et sans un bruit, il disparut complètement dans le lac.

— Où est-il passé ? s'inquiéta l'un des randonneurs.

— Il a plongé, affirma M. Je-sais-tout.

Le silence se fit pendant quelques minutes, jusqu'à ce que quelqu'un remarque :

– Ça fait un bout de temps qu'il est sous l'eau.

– Ils peuvent retenir leur respiration très longtemps, assura M. Je-sais-tout.

Sur ces bonnes paroles, les randonneurs tournèrent les talons et s'éloignèrent en s'appuyant sur leurs cannes tandis que, sous les yeux médusés des enfants et de leur grand-père, quelques plumes blanches remontaient à la surface.

9

Le facteur

Crusoé avait englouti le cygne sans aucune difficulté et avec grand plaisir. Grand-père avait vu juste dès le début : il n'était pas difficile. Le volatile constituait un bon repas qui le changeait un peu de son régime habituel de poissons et d'anguilles. Le dragon des mers vivait dans le petit loch depuis un moment maintenant ; si bien que les réserves de poisson commençaient à s'amoindrir. Aussi lorsqu'il s'aperçut qu'il y avait des proies hors de l'eau et pas seulement en profondeur, de nombreux oiseaux aquatiques qui venaient pêcher ou se reposer à la surface finirent dans son estomac.

Le dragon des mers s'attaquait aux foulques, aux poules d'eau et même aux mouettes, mais surtout aux canards. Les volatiles qui barbotaient en surface pour pêcher, comme les colverts, les sarcelles et les canards siffleurs lui échappaient rarement. Quant à ceux qui plongeaient sous l'eau, les fuligules milouins et les morillons, ils constituaient des proies encore plus faciles pour Crusoé, qui se régalait à l'occasion de quelques eiders à duvet. Une fois même, un grand plongeon imbrin fit les frais de son appétit. Et, bien entendu, notre dragon des mers finit par avoir les yeux plus gros que le ventre.

Une deuxième année avait passé. Papa était revenu à deux reprises en permission et, chaque fois, il était surpris de voir comme Crusoé avait grandi. Le dragon des mers avait maintenant deux ans et demi. Son avenir commençait à préoccuper les adultes. Combien de temps allait-il encore pouvoir rester où il était ? Les réserves de poissons ne dureraient pas éternellement, c'était évident. Et bientôt il serait trop grand pour se cacher dans un si petit lac.

Un jour de 1932, un incident ajouta encore à leur inquiétude.

C'était un bel et chaud après-midi d'été et, comme d'habitude, Crusoé faisait la sieste. Il reprenait des forces entre la partie de chasse du matin et celle du soir en dormant sous l'eau, revenant régulièrement à la surface pour respirer. Désormais, il était si grand qu'il ne reprenait sa respiration que tous les quarts d'heure. Mais alors qu'il remontait tranquillement, tendant le cou pour inspirer mécaniquement, le bout de son museau heurta quelque chose, ce qui le tira du sommeil. Replongeant un peu plus profond, il examina l'étrange objet sombre qui flottait au-dessus de sa tête. Il était presque aussi grand que lui, pointu à un bout et carré de l'autre. Parfaitement immobile.

« Qu'est-ce que ça pouvait bien être ? » se demanda le dragon des mers.

Entendant un léger bruit d'eau non loin de l'objet, il fila voir ce qui venait de tomber dans le lac. Mais ce fil, muni d'un hameçon et d'une cuillère argentée, le laissa perplexe, il retourna donc sous la grande chose sombre. Il aurait voulu sortir la tête de l'eau pour mieux voir, mais il savait que les géants n'apprécieraient pas. En revanche, ils ne diraient rien s'il en croquait juste un petit bout, hein ?

Crusoé s'approcha, ouvrit grand la gueule et mordit dans la coque du bateau.

Les enfants étant à la plage avec leur mère, grand-père Grognon était seul dans la petite maison blanche lorsqu'il entendit frapper à la porte. Il ouvrit et se retrouva nez à nez avec un facteur tout dégoulinant et blanc comme un linge.

— Qu'est-ce qui vous arrive, monsieur Macnab ? s'étonna-t-il.

Il savait que le facteur possédait une vieille barque et que, à ses heures perdues, il tentait d'attraper l'immense brochet qui, d'après la légende, vivait au fond du petit loch.

— Vous êtes tombé à l'eau ?

— Tombé à l'eau ? J'aimerais vous y voir ! Il y a un machin énorme dans ce lac ! J'ai senti un petit choc sous la coque au moment où je lançais la ligne et, deux minutes après, j'ai entendu un craquement sinistre. La chose avait attaqué ma barque ! Un trou de la taille d'une poêle à frire. Bien sûr, elle a pris l'eau ! Elle a coulé avant même que j'aie pu la ramener au rivage. Bateau, canne, hameçon, j'ai tout perdu. Et, en prime, j'ai failli me noyer !

« Et failli vous faire dévorer », ajouta grand-père pour lui-même.

Il tira pensivement sur sa moustache.

— Ce doit être un sacré brochet, monsieur Macnab. Un vrai monstre, à vous entendre !

— Il ne s'agissait pas d'un brochet, répliqua le facteur.

Il se racla la gorge.

— Dites-moi… Vous croyez qu'il pourrait y avoir quelque chose d'autre dans ce lac ?

— Oh, ça oui ! acquiesça grand-père. Il regorge de poissons.

— Je ne parle pas de poissons. Je voyais plutôt… Enfin… vous ne pensez pas que…

Il baissa la voix et compléta dans un murmure :

— … ça pourrait être le monstre ?

— Oh, monsieur Macnab ! s'exclama grand-père Grognon. Vous n'allez tout de même pas faire courir le bruit qu'il y a un monstre dans le loch ? Je ne dis pas que ces créatures n'existent pas – il y en avait un dans le loch Morar quand j'étais jeune – mais pour un homme dans votre situation

propager de telles rumeurs serait des plus…
des plus déraisonnable.

— Déraisonnable ?

— Oui, si l'on apprenait qu'un homme
empreint de telles responsabilités – un loyal
fonctionnaire au service de sa majesté –
raconte qu'il a vu un monstre, je pense que
les hautes autorités des services postaux ris-
queraient d'avoir des doutes sur votre capa-
cité à assurer votre fonction. Par ces temps
de chômage, ce serait malheureux, monsieur Macnab, je vous le dis !

Le facteur resta planté là un moment, à
dégouliner sur le carrelage.

— Effectivement, finit-il par reconnaître.
Vous ne répéterez rien de tout cela à personne ?

— Pas un mot, assura grand-père Grognon,
puis pour sceller la promesse il ajouta :
Mais il ne faudrait pas que vous attrapiez
froid. Vous prendrez bien une petite goutte
de whisky avec moi avant de partir ?

— Ça aurait pu très mal tourner, dit-il après avoir raconté toute l'histoire aux enfants et à leur mère, mais je crois qu'il ne dira rien.

— Crusoé s'est bien comporté tout de même, remarqua Fiona.

— Tu trouves ?

— Oui, il ne s'est pas montré.

— Mais il a mangé la barque du facteur ! protesta sa mère.

— Sacré corsaire, ce Crusoé ! commenta Angus.

10

Un plan farfelu

Le Noël de 1932 fut particulièrement joyeux dans la petite maison blanche au sommet de la falaise car, pour une fois, papa était là. Mieux encore, comme son prochain voyage était court, il reviendrait en permission aux alentours de la fin mars ou du début avril.

— D'ici là notre dragon des mers aura trois ans, n'est-ce pas ?

Ils hochèrent la tête.

— Et dieu sait quelle taille il fera ! Il faut qu'on l'installe ailleurs. Et impérativement au printemps prochain car, ensuite, il risque d'être trop gros pour aller où que ce soit.

— Comment va-t-on faire, papa ? s'inquiéta Fiona.

— Par la route, tiens.

— Mais comment ?

— À votre avis, qu'est-ce qui conviendrait pour transporter un dragon des mers ?

— Un van pour les chevaux ? proposa Angus.

— Trop petit.

— Un camion de déménagement ? suggéra grand-père Grognon.

— Ce serait délicat. Ce genre de camion est assez haut, on aurait du mal à le faire monter à l'intérieur. Il faudrait une grue, comme sur les docks. Et puis comment ferait-on avec les déménageurs ? Ils le verraient forcément, le secret serait dévoilé. Non, à mon avis, il n'y a qu'un véhicule qui conviendrait pour cette mission.

— Une bétaillère ! s'exclama sa femme.

— Exactement, bien vu. Un camion pile de la bonne taille, assez costaud pour transporter une dizaine de taureaux, couvert de sorte que notre dragon passe inaperçu, et muni d'une grande rampe pour qu'il puisse monter à bord de lui-même. En plus, il y a une petite porte à la tête de la remorque, juste derrière la cabine. Comme ça, celui qui montera dans le camion pour attirer Crusoé à l'intérieur avec une friandise pourra ressortir sans être écrabouillé.

— Vous oubliez juste un petit détail, remarqua grand-père Grognon. Et le chauffeur du camion ? Il faudra le mettre au courant.

— Pas la peine. Il est déjà au courant. Car le chauffeur, ce sera moi.

Papa leur expliqua alors qu'un de ses camarades de bord avait un frère dans la région qui faisait du transport de bétail et qu'il accepterait sûrement de leur louer un de ces camions.

— Mon ami m'a confié que son frère n'était pas le plus honnête homme d'Écosse. Il arrive que l'un de ses camions vienne chercher quelques têtes de bétail dans un champ isolé pour les déposer dans un autre champ à cinquante ou soixante kilomètres de là.

— Il vole du bétail ? s'étonna grand-père Grognon.

Son gendre acquiesça.

Maman avait l'air inquiet.

— Tu as l'intention de faire croire à cet homme que tu lui empruntes un camion pour voler du bétail ?

Son mari sourit.

— Un clin d'œil complice et quelques billets en dessous de table devraient achever de le convaincre. Je n'ai jamais eu d'accident de la route et, même si je n'ai jamais conduit un camion, j'imagine que ce ne doit pas être si compliqué.

Elle ouvrit la bouche pour protester, mais la referma aussitôt. Tout comme elle avait été ravie de voir Crusoé quitter le bassin à poissons rouges pour le petit loch, elle se réjouissait qu'il parte à des kilomètres de là, qu'il sorte de leurs vies pour toujours. Non qu'elle veuille du mal à cette pauvre bête, mais depuis presque trois ans maintenant, il leur prenait tout leur temps et il fallait sans cesse lui fournir (ajouta-t-elle avec mauvaise foi) des sardines, des harengs et des cookies au chocolat. Ses enfants (se dit-elle avec encore plus de mauvaise foi) négligeaient leurs devoirs et son mari ne s'occupait plus du jardin. Alors s'il se proposait de la débarrasser de cette créature, c'était tant mieux.

— Mpf, marmonna-t-elle en digne fille de grand-père Grognon. Je n'ai jamais vu de plan aussi farfelu. Je ne veux rien avoir à faire dans cette histoire, décréta-t-elle et elle s'en fut d'un pas décidé laver la vaisselle dans la cuisine.

— Mais où va-t-on installer Crusoé ? demanda Fiona.

— Il faut qu'on trouve un très très grand lac, non ? renchérit Angus.

— Tu as raison, confirma son père. Va chercher la carte dans le tiroir, s'il te plaît. Celle où il est écrit « Écosse – Ouest : d'Islay à Gairloch ».

Lorsque Angus l'eut dénichée, son père l'étala sur la table.

— Voyons, voyons… On pourrait le mettre dans un lac d'eau salée. Ou l'amener au loch Moidart. De là, il pourrait aller partout dans le monde.

— Non, non ! protestèrent les enfants. Si on fait ça, on ne le reverra jamais !

— Alors ce sera parmi les trois grands lacs, conclut grand-père Grognon. Le loch Morar est le plus proche d'ici et il est très profond. Le dragon des mers qui y vivait quand j'étais petit s'y trouve peut-être encore, comme ça, ils se tiendraient compagnie.

— Une minute, le coupa son gendre en

examinant la carte. Vous voyez, en passant par là, il pourrait facilement remonter la rivière Morar jusqu'à la mer. Ça ne va pas.

— Le loch Lomond, alors. Il est assez grand.

— Trop loin. Je n'ai pas envie de faire autant de kilomètres.

— Il ne reste donc qu'une seule solution, déclara grand-père en indiquant une grande étendue d'eau qui remontait en diagonale vers le nord-est. Trente-neuf kilomètres de long et ce doit être le plus profond. Il aura toute la place qu'il veut là-bas.

— Vous avez raison, approuva le père des enfants. C'est là que nous allons emmener Crusoé, c'est l'endroit idéal pour lui. Et ce n'est pas si loin que ça... disons quarante-cinq kilomètres jusqu'à Fort William et encore quarante-cinq jusqu'à Fort Augustus.

— Est-ce qu'on pourra lui rendre visite lorsqu'il vivra là-bas ? demanda Fiona d'une voix légèrement tremblante.

— Bien sûr, la rassura son père. Ce n'est

pas très loin, ça nous fera une belle balade en été. On se mettra au bord du lac, on l'appellera et il viendra se faire caresser.

— Et si quelqu'un d'autre le voit ?

— Ça peut arriver, reconnut grand-père Grognon. Dans un moment d'inattention, s'il oublie de se cacher. Ou alors dans l'excitation de la chasse. Ou s'il percute un bateau, comme avec le facteur. Il faut espérer qu'il se montrera raisonnable.

— Mais même si des gens l'aperçoivent, ils n'en croiront pas leurs yeux, enchaîna papa. Ils se diront : « Ça devait être un morceau de bois, des ombres à la surface de l'eau ou un saumon qui sautait, des loutres qui jouaient ou un cerf mort flottant dans les feuilles. » Ils ne seront jamais sûrs de ce qu'ils ont vu. Nous serons les seuls à pouvoir affirmer qu'il y a bien un dragon des mers dans ce lac.

11

Transfert en camion

Le jour venu, ils n'eurent aucun mal à faire monter Crusoé dans le camion.

Une piste caillouteuse reliait la route au bord du lac, papa y était descendu en marche arrière pour ne s'arrêter qu'à quelques mètres de l'eau, là où le sol commençait à être détrempé.

En ce matin de printemps, le 14 avril 1933 pour être précis, tout était prêt pour le transfert. Angus et Fiona étaient assis à l'avant du camion tandis que leur père et leur grand-père se tenaient de chaque côté de la rampe, qu'ils avaient baissée. Leur mère était restée à la maison, mais elle avait préparé un cadeau de départ pour le dragon des mers : de quoi l'attirer hors du petit loch, sur la rampe et à l'intérieur du camion.

Ils avaient beaucoup hésité sur la nature de la friandise : des cookies au chocolat ? des harengs ? ou le premier aliment que Crusoé avait goûté, bébé – des sardines ?

– Le problème, c'est que si je les sème pour faire une piste, il aura du mal à les ramasser. Ça le ralentira et, au bout du compte, il risque d'abandonner, avait remarqué papa. Il faudrait que j'aie quelque chose de bon à agiter sous son nez, hors de sa portée, quelque chose d'assez long pour que je ne me change pas accidentellement en friandise moi aussi.

– Un chapelet de saucisses ! s'était écriée sa femme.

– Excellente idée !

C'est donc muni d'un long chapelet de saucisses que papa s'approcha du rivage, tendant l'oreille. N'entendant aucun bruit, il cria :

– Crusoé !

Et le dragon des mers rappliqua aussitôt. Les adultes avaient craint que l'animal ne veuille pas quitter l'élément dans lequel – excepté pour son déménagement du bassin à poissons rouges au petit loch – il avait passé plus de trois ans. Mais ils furent vite rassurés.

Tandis que papa reculait en traînant le chapelet de saucisses, Crusoé, telle une chenille géante, se hissa hors de l'eau et rampa sur la piste en direction de la bétaillère. Il grimpa sur la rampe en lamelles de bois,

tendant le cou pour tenter d'attraper une saucisse, puis pénétra à l'intérieur du camion, dont les amortisseurs grincèrent sous son poids. Laissant tomber l'appât au fond de la remorque, papa s'éclipsa habilement par la petite porte et courut à l'arrière du véhicule. Profitant que Crusoé était occupé à engloutir les saucisses avec des grognements de satisfaction, les deux adultes saisirent chacun la rampe d'un côté, la soulevèrent et refermèrent avec soin les crochets de fixation. Le dragon des mers était à bord !

Le trajet en lui-même se déroula sans incident majeur. Ils descendirent d'abord vers le sud, en direction de Glenfinnan, puis continuèrent vers l'est, le long du loch Eil, jusqu'à Fort William. Là, il s'arrêtèrent sur les bords du loch Lochy, à la moitié du voyage environ. Papa avait peur que le dragon des mers ne se déshydrate. Avec grand-père Grognon, ils remplirent donc des seaux d'eau dans le lac et les jetèrent par les fentes qui s'ouvraient sur les côtés de la remorque. Crusoé poussa un petit meuglement de joie.

Ils firent une nouvelle halte sur les bords du loch Oich pour recommencer l'opération. Fiona et Angus descendirent du camion afin de se dégourdir les jambes tandis que leur père et leur grand-père se chargeaient des seaux d'eau. Alors qu'ils allaient lancer le dernier, ils entendirent une voiture approcher.

— Écartez-vous de la route, les enfants, ordonna leur père.

La chaussée était étroite, en effet, ils se tinrent donc tous en retrait en attendant que le véhicule les dépasse. Sans doute des touristes, pensaient-ils. Mais il s'agissait d'une voiture de police. Ils la virent s'approcher, espérant de tout cœur qu'elle allait poursuivre son chemin sans s'arrêter, mais elle ralentit et s'immobilisa à leur niveau.

— Vite, glissa papa à grand-père Grognon, ouvrez le capot !

Un officier de police descendit de la voiture.

— Vous avez des ennuis ? demanda-t-il.

« Oh que oui », pensa papa, mais il répondit d'une voix enjouée :

— Non, on remet juste de l'eau dans le radiateur. Il doit y avoir une petite fuite, il faut constamment le remplir.

Il entreprit alors de dévisser le bouchon, avec précaution, comme s'il était chaud, et souleva le seau d'eau.

Heureusement, le policier ne se pencha pas pour le regarder de plus près tenter de remplir un radiateur déjà plein. Au lieu de ça, il se tourna vers grand-père Grognon :

— Vous allez où ?

— Fort Augustus, répondit grand-père en toute honnêteté. Livrer un beau troupeau de bétail bien gras à l'abattoir, ajouta-t-il, un peu moins honnête cette fois.

— Ce sont vos bêtes ?

— Oui, oui, acquiesça grand-père Grognon (et il ne mentait pas, là non plus !).

— Il y a beaucoup de vol de bétail dans la région, vous savez, expliqua le policier.

— Ah bon ? s'exclama-t-il, l'air abasourdi.

— Hélas oui, soupira l'officier en regardant le vieil homme et ses deux petits-enfants.

— Non que vous ayez des têtes de voleurs, ajouta-t-il en souriant.

Il colla alors un œil contre l'une des fentes de la remorque. Par chance, il ne put pas voir grand-chose car Crusoé prenait toute la place. Il distingua juste un flanc sombre appuyé contre la paroi. Il le tâta de son doigt ganté. Crusoé, pensant qu'il s'agissait d'une caresse de ses amis, poussa un petit meuglement de plaisir.

— Gentille bestiole, commenta le policier.

Il se tourna vers Angus.

— Elle a l'air de faire son poids, pas vrai, mon petit gars ?

— Un vrai monstre ! confirma-t-il avec le plus grand sérieux.

L'officier éclata de rire et lui ébouriffa les cheveux, tandis que papa les rejoignait, estimant que sa petite scène du radiateur avait assez duré.

— C'est bon, il est plein ? demanda le policier.

— Parfait.

— Vous feriez bien de vous occuper de cette fuite.

— Oui, allez, il faut qu'on reprenne la route, maintenant.

— Moi aussi, renchérit le policier.

Et à leur grand soulagement, il remonta dans sa voiture.

En début d'après-midi, ils atteignirent Fort Augustus, qui se trouvait à la pointe sud du loch qu'ils cherchaient. Une nouvelle route avait été construite le long de la rive nord, mais papa préféra emprunter la vieille route du sud et poursuivit son chemin tranquillement, à la recherche de l'endroit idéal.

Il le trouva non loin de Dores. Il y avait une aire de repos sur la gauche, surplombant une pente herbeuse qui descendait à pic dans le lac. C'est là qu'ils s'arrêtèrent.

Crusoé n'avait pas vraiment apprécié le voyage. Au début, lorsque la rampe s'était refermée sur lui, il avait trouvé bizarre de se retrouver prisonnier dans un espace réduit. Il n'avait pas peur, car il ne connaissait pas ce sentiment, mais il n'aimait pas beaucoup le grondement du moteur, l'odeur des gaz d'échappement et les cahots de la route. Il avait un peu mal au cœur.

Au bout d'un moment, cependant, il finit par s'y habituer et même par s'assoupir légèrement car c'était l'heure de sa sieste. Il était presque endormi lorsque le roulis s'interrompit et qu'on l'aspergea d'eau fraîche.

« Gentils géants », se dit-il, et il poussa un petit cri de remerciement. Puis il recommença à être ballotté dans cette étrange grotte où, en raison de sa grande taille, il pouvait à peine remuer. Un peu plus tard, le cahotement s'arrêta et on l'arrosa à nouveau. Crusoé meugla doucement lorsqu'on lui caressa l'échine.

Mais il commençait à se sentir vraiment à l'étroit. Quel soulagement ce fut lorsque, enfin, le grondement et les vibrations cessèrent pour de bon et que la porte derrière lui s'ouvrit, laissant entrer la lumière.

Tant bien que mal, car il était tout engourdi, le dragon des mers descendit la rampe à reculons et retrouva la terre ferme. Quel bonheur de retrouver les caresses familières des deux petits géants qui lui chatouillaient les flancs avec des bâtons.

Alors qu'il s'étirait et gigotait, ravi, il aperçut soudain, en contrebas, une immense étendue d'eau qui se prolongeait à perte de vue.

« Plonge, vas-y ! » lui commandait son instinct. Il traîna donc son gros ventre jusqu'au bord de l'aire de repos, se laissa glisser sur la pente herbeuse et, dans une gerbe d'éclaboussures, s'enfonça dans les profondeurs du lac miroitant sous le soleil.

Lorsqu'il fut parti, ils restèrent tous à contempler en silence la surface calme de l'eau.

Papa était content de lui : il avait géré l'affaire avec l'efficacité propre aux marins.

Grand-père était soulagé que l'énorme animal soit maintenant en sécurité dans un endroit où il n'avait plus à s'en soucier.

Fiona se rappelait l'époque où Crusoé n'était pas plus grand que la main de son grand-père. Il lui avait alors prédit qu'il ferait facilement quinze à vingt mètres à l'âge adulte. Elle n'avait désormais aucun mal à le croire.

Angus, lui, venait de se rendre compte qu'il avait oublié d'emporter sa réserve d'urgence.

Ils étaient tous ravis que le dragon des mers ait désormais tout ce qu'il lui fallait. Il pourrait à jamais profiter de sa liberté dans ce grand lac profond et regorgeant de poissons, à l'abri de tout danger.

— Il vivra heureux et prendra beaucoup de bon temps, conclut Fiona. Et du coup, moi aussi.

Son père consulta sa montre.

— Bon sang ! s'exclama-t-il. Vous avez vu l'heure ? Déjà trois heures moins cinq. Il faut qu'on y aille si on ne veut pas être en retard pour le bon petit dîner que nous a préparé maman.

— Sacrebleu ! s'écria Angus. Ce serait terrible, nom d'un maquereau !

Ils s'empressèrent donc de remonter dans le camion et reprirent la route.

Le dragon des mers s'enfonça loin, loin, loin, fendant les bancs de poissons qui s'écartaient sur son passage, dans les profondeurs sombres et froides du lac, puis il remonta comme une flèche, fier de sa puissance d'accélération. L'espace d'un instant, il oublia toutes les leçons des géants. Il jaillit à la lumière au beau milieu du loch et se roula dans l'eau, laissant éclater sa joie de se retrouver dans ce merveilleux univers aquatique.

Puis, soudain, il revint à la raison et, dans un dernier élan, disparut hors de vue.

12

Extrait de la presse locale

La première apparition du monstre :
Le 14 avril 1933, à trois heures de l'après-midi, M. et Mme Mackay, de Drumnadrochit, longeaient la rive nord du loch Ness par la nouvelle route lorsqu'ils aperçurent « un énorme animal qui sautait et plongeait dans le lac » puis qui disparut dans une grande gerbe d'éclaboussures.

FIN

Dick King-Smith est né en 1922 en Angleterre, à
Bitton. En 1947, après avoir servi durant la Seconde
Guerre mondiale en Italie d'où il revient blessé, il
prend en charge la ferme familiale. Il s'occupe alors
des animaux, qui le passionnent depuis son enfance.
À partir de 1967, il exerce toutes sortes de métiers,
puis retourne à l'université. À cinquante-trois ans,
il obtient des diplômes en anglais et en philosophie
et devient instituteur dans une école primaire
d'un petit village des environs de Bath. Encouragé
par ses élèves, il se tourne vers l'écriture. L'attaque
d'un renard contre ses propres coquelets lui inspire
une histoire pour la jeunesse, *Les Longs Museaux*
(1978). C'est le début d'une carrière d'écrivain qui
compte à ce jour plus d'une centaine de romans
où les animaux ont une place primordiale. En 1983,
son sixième livre, *Babe, le cochon devenu berger*,
remporte le Guardian Children's Book Prize.
Le succès est immédiat et le livre sera adapté
au cinéma en 1996. Dick King-Smith vit aujourd'hui
à Queen Charlton, non loin de son lieu de naissance,
avec sa femme, Harmony.

Peter Bailey est né en Inde, à Nagpur, la « Cité du
Serpent ». Il habite aujourd'hui près de Liverpool
en Angleterre avec sa femme, Sian, qui est également
illustratrice. Après avoir suivi des études d'art
à l'université de Brighton, il a été enseignant pendant
plusieurs années. Il a illustré plus d'une trentaine de
livres pour enfants dont *J'étais un rat !* de Philip
Pullman (Folio Junior), *Le poisson de la chambre 11*,
Un ange tombé du ciel, de Heather Dyer ainsi
que la série des aventures d'Akimbo, d'Alexander
McCall Smith dans la collection Folio Cadet.